シャーロック・ホームズの成功の秘訣

名探偵の人生訓

Success Secrets of Sherlock Holmes
—Life Lessons from the Master Detective

デヴィッド・アコード 著／大原千晴 訳

大修館書店

SUCCESS SECRETS OF SHERLOCK HOLMES
by David Acord

This edition published by arrangement with Perigee, a member of Penguin Group（USA）LLC, A Penguin Random House Company
through Tuttle-Mori Agency, Inc., Tokyo

シャーロック・ホームズの成功の秘訣――名探偵の人生訓 ■目次

はじめに vii
本書の利用法 xvi
知っておくべきいくつかのこと xviii
第1章 的確で正確な知識への飽くなき情熱 …… 3
第2章 仕事がちっとも楽しくない？ …… 15
第3章 ものごとの細部へのこだわり …… 24
第4章 大きな勘違い …… 38
第5章 情熱に火を付けろ！ …… 43
第6章 ちっちゃな空っぽの屋根裏部屋 …… 48
第7章 何事も詳しい話が大好き …… 54

第8章 自らの現状を把握しよう 59
第9章 「できない理由」を環境のせいにしない 67
第10章 小さく始めよ 72
第11章 自身で仕事を創造せよ 76
第12章 予断を捨てて対処せよ 80
第13章 物事を複雑にし過ぎるな 85
第14章 謙遜なんてするな 89
第15章 どんなものでも役に立つ 93
第16章 良き右腕となる人物を探せ 99
第17章 自分が良き右腕となるには？ 106
第18章 苦なくして楽なし 111
第19章 協力者には秘訣を出し惜しみするな！ 120
第20章 あらゆる層に友を持て 124
第21章 偉大な先人への敬意を忘れるな 129
第22章 ホームズ的方法論を真似る 133

第23章　具体性のある夢を心に描け……140
第24章　停滞感をぶち破れ……144
第25章　ノーベリーの大失敗を忘れるな……152
第26章　才能だけでは道は開けない……155
第27章　ユーモア精神を忘れずに……160
第28章　高い集中力を養え……164
第29章　汝の敵を敬え……168
第30章　過去の記憶は上手に管理する……172
第31章　引用元・情報ソースにはご用心……176
第32章　常に励ましの言葉を忘れずに……181

［コラム］

1 『ストランド』誌と出版人ニューンズ……23
2 「物語る力」の原点は……71
3 カンバーバッチ・ホームズの現代性……119
4 「ホームズの作者」と呼ばないでくれ……167

訳者あとがき……185

はじめに

「人生成功の指針をシャーロック・ホームズに求める」だって？　冗談はやめてくれよ、今は二一世紀だぜ。ホームズなんて、一九世紀末の英国に誕生した探偵物語の主人公じゃないか。『シャーロック・ホームズの成功の秘訣』こんなタイトルを見れば、誰だって、そう思うはず。でも、これ、冗談なんかじゃありません。著者の私は大真面目です。その一番の理由は、この有名な探偵物語の作者、アーサー・コナン・ドイル（一八五九－一九三〇）の人生そのものにあります。この人、アイルランド系で、多くのアーティストを輩出している家系に生まれていて、どう控えめに見ても「天才」です。単に文学史上最も有名な探偵物語の主人公を生み出した、というだけじゃない。それまでの推理小説の世界を革命的に変える、そんな大仕事を、たった一人でやってのけた人です。ドイル以前は、だらだらと長いわりに話の途中から結末が見え見え、そんな程度の「犯人探し」ミステリーが一般的でした。しかし、ドイルの物語はまるで水準が違っていたのです。あたかも時計が正確に時を刻むように、高度な科学的なメカニズムが論理的に展開していく。その複雑な物語のゆくえは、教育水準の高い読者でも結末を予測できません。要するに、ドイル以前と以後で、世界が変わったのです。

その上、ドイルは多作です。シャーロック・ホームズのシリーズは五六の短篇と四つの長篇。これとは別に科学から心霊現象まで、驚くべき多方面にわたる小説三五篇と様々なフィクション群。さらに、南アフリカのボーア戦争のルポを含む、一二篇のノンフィクション。ざっとこれだけの著作を残しています。しかも彼は、単に「作家」というだけではありません。ちょっとオタクっぽいところがあるインテリジェンスの持ち主で、その旺盛な好奇心の向かう先には、底知れぬ広がりがあるのです。ドイルは内科医として教育を受けながらも、やがて一九世紀後半ようやく勃興しつつあった眼科学に興味を持ち、英国初の眼科専門医となります。その一方で、冒険心抑えがたいところがあって、医学生時代に北極海をゆく捕鯨船に半年間乗り込み、北極近辺の凍てつく海で死にかけたこともあります。スキーを独習し、一八九四年に行われた世界初のアルプス越えスキーツアーに参加。晩年は、神霊現象と不可視的な世界の存在の研究にのめり込みます。まだ発展途上の超常現象研究に科学的な手法を応用することで、当時数少ない「亡霊ハンター」になったりしているのです。また、実社会での探偵業にも手を染めていて、二つの冤罪判決を個人的に調査し、二人の容疑者を無実の罪による刑の執行から救っただけではなく、この仕事を通して、当時の英国刑事法に内在する欠点を明らかにするという功績もあげました。またドイルは、二十世紀初頭の英国控訴院刑事部の創設過程で、一定の役割を果たしています。

では、こうした様々なドイル自身の行動が、シャーロック・ホームズの物語と、わずかでも関係があるのでしょうか。それより何より、我々にとって「成功術」の指針として、何か意味するところがあるのでしょうか。その答えはまさに「大あり！」。自身が生涯で発揮した天才ぶりと、ドイルの周りに実在した人々の輝かしい能力。コナン・ドイルはこうした様々な能力の断片を、探偵ホームズという、ただ一人の人物に集中的に仮託しました。そうすることで、誰よりも飛び抜けて優れた能力を持つ、探偵物語の主人公を誕生させたのです。

同様に、ホームズ・シリーズは、単なる探偵物をはるかに越える特別な作品であると言えます。どういう意味か。シリーズ中傑作とされる物語はいずれも、二つの要素を兼ね備えているのです。たとえば『緋色の研究』。この作品は、一方では、暇つぶしに読むに最高の、娯楽冒険小説です。しかし同時にこれを、「天才の行動様式を学ぶ教科書」として読むことができます。天才とは、それぞれの専門分野で、一見「不可能」と思われるほどの高い成果を達成する人々のことです。ホームズの物語は、一人の天才がたどる道筋を、詳細かつ具体的に説明してくれる書物、として読むことができるのです。自身が大きな社会的成功を達成することになる作者コナン・ドイルは、単に優れたミステリー作品を残しただけではありません。その作品群で彼は、誰もが一度は抱く「大きな夢」、これを達成するに必要な哲学と心構えという、成功への秘訣を教えてくれているのです。時に暗号のように見えない形で、時に誰の目にも明らかな形で。はたしてドイル自身が、意図的にこうした要素をその作品に埋め込んだものか。それとも、作家の深い無意識の底から自然に流れ出てきたものなのか。この点については議論の余地があるでしょう。作品によりその両方であったろうと私自身は見ています。いずれにしても、ホームズ・シリーズには様々な「成功への秘訣」が秘められている。これを読者が読み解いてくれるのを待っている。そのことだけは、確実です。コナン・ドイル自身の成功の基となったこれらの行動原理は、その誕生から一世紀以上を経た今日でも、重要であるだけでなく、説得力を持ち続けています。探偵物語に秘められたこれら「成功の秘訣」を探り当てるには、物語をどう読み解くべきか。これが本書のテーマです。

　さて、シャーロック・ホームズといえば昔から、機知に富み、頭脳明晰で自信に満ちた冒険家。まさにヒーローとしての要素をすべて兼ね備えた男、というイメージです。しかし、ここでいったん、こうした「伝統的なホームズ像」を忘れて、見方を変えてみると、どうなるか。最高級のパッチワーク・キルトのような像が浮かび上がってくるはずです。すなわち、著者コナン・ドイルとその友人・知人たちの最良の個性を、物語の中で一身に体現する化身としてのホームズ像です。コナン・ドイルは、当時の英国でも最上層に近いクラスの社会を舞台に活動した人です。そのため、彼自身が教養ある一人のインテリとして、同時代の抜きん出た思想家や知識人たちと接触する機会が多くありました。やがて、ミステリーに手を染める段になった時、彼はごく自然の流れとして、これら友人・知人の中に見られる優れた能

1 Julia Child（一九一二―二〇〇四）アメリカの著名な料理研究家。名門女子大卒業後、秘書を経て、第二次大戦中CIAの前身OSSに勤務し、セイロン等で諜報活動の情報処理業務に当たる。グルメの同僚と結婚。戦後、国務省の広報官としてパリ勤務となった夫に同行。料理人養成学校、ル・コルドン・ブルーに入学し、本格的にフランス料理を学ぶ。一九六一

力と、著者自身の個性の内にある諸要素を組み合わせて、これを物語の中に登場させることになっていきます。それはいわば、誰か「天才」と呼べる人に、物語の執筆を依頼した場合に似ています。こうした場合、出来上がってくる作品には、多かれ少なかれ、執筆者である「天才」の個性・特質が反映されることになります。一流の人物は否が応でも一流の仕事をする。故に一流なのです。言葉を替えれば、ジュリア・チャイルド[1]がまずい料理を作るはずはないし、マイケル・ジョーダン[2]がバスケットボールの試合でミス連発、なんてありえません。だからこそ私は、シャーロック・ホームズの行動様式を詳しく調べてみよう、という気持ちになったのです。この天才探偵は、実存した一流の人物たちの諸要素を組み合わせることで誕生している。だとするならば、探偵ホームズに可能であったことは、現実を生きる我々自身にも可能かもしれない、そう思いませんか。

　物事の仕組みを理解しようと思ったら、まずその仕組みをいくつかの単位に分解してみることが必要です。本書もこの原則に則って、これから「正典」と呼ばれるホームズ作品を、一つ一つ分解していくことになります。その基本姿勢は、レーシングカーのチーフメカニックが、その大切な車を取り扱う心構えに同じです。一台の車を完成させるまでに費やされた、計り知れぬほどの才能の積み重ねと努力。これに対する敬意を決して忘れることなく、細心の注意を払いながら、分解した一つ一つの部品を捧げ持つように丁寧に取り扱う。これが基本です。その過程で遭遇する様々な新たな知見。これにより従来描かれてきたホームズ像と

年出版の大著『フランス料理修得術』がベストセラーに。異色の経歴と身長一八八cmという迫力もあって、一九六二年からのTV料理番組レギュラー出演で全米並びに英語圏諸国での名声を獲得する。その一生が二〇〇九年、メリル・ストリープ主演で映画化されている。

2 Michael Jordan（一九六三－）身長一八〇cmの「短身」ながら、一九八〇年代末からの十数年間、全米プロバスケット選手として輝かしい成績を残し、あらゆる賞を総嘗めにしている伝説的存在。二〇一〇年には元選手としてはリーグ史上初めてプロチームの大株主になるという偉業を達成している。

はまるで違う、新しいホームズ像を発見することになるはずです。そして、ここで出会う新しい知見の数々は、我々自身が人生で何がしかの挑戦をし、また困難に立ち向かう時に、新たに頼りとすべき一連の指針を与えてくれるはずです。さあ、これまで抱いていた天才探偵ホームズのイメージを捨て去る準備はよろしいですか？　では、成功を目指して、先に進んでいきましょう。

まず、本書全体の概略を簡単にご説明しておきます。

絵空事ではないシャーロック・ホームズの能力

探偵ホームズの「超」がつくほどの驚くべき能力の数々は、決して「絵空事」ではありません。たとえば、ごくわずかなヒントから、人の人生そのものを正確に見通してしまう力。医学生時代、コナン・ドイルは実際に、常に驚異的な分析力と推理力に基づく論理展開で学生を驚かせる教授に出会っているのです。まったく初めての患者が診察室に入ってくる。すると何らの予備知識なしに教授は、わずか数秒の間に、その患者の居住地区、職業、過去の病歴等々の事実を次々と述べ始めたといいます（詳しくは第3章）。教授のパフォーマンスは、コナン・ドイルの記憶に深く刻み込まれます。やがてホームズを誕生させるに至った時、ドイルは必然的に、この教授のクローンを作品の主人公として誕生させることになったわけです。探偵ホームズの様々な能力は、決して絵空事でもなければ超能力でもない。空飛ぶスーパーマンや、ビルの壁面をよじ登るスパイダーマンなんかと違って、実在の人物をモデルにしています。これは、我々にとってありがたい、重要な事実です。なぜ？　もしそうだとするならば、「必死に努力を積み重ねれば、いつか我々自身もホームズのような成功を獲得しうる、その現実的な可能性がある！」ということになるからです。

誰にでも、どんな分野にでも応用が効く、ホームズの行動原理

コナン・ドイルは、現代の犯罪学と科学捜査学の発展に大きな影響を与えた人物として知られます。当時、シャーロック・ホームズ・シリーズで展開される捜査テクニックに感心した世界中の警察や検察の幹部たちが、自身が責任を負う捜査の現場に、その手法を取り入れています。しかし、コナン・ドイル本人は、きちんとした形で捜査手法の教育を受けた経験などありません。彼は医学校で学んだ科学的な手法と患者診察の原理原則を、犯罪行動の分析に応用したに過ぎないのです。

ならば、我々も、彼に見習えばいいのです。私たちは現実社会の中で日々、様々な問題に直面します。いかにして自分に合った職業を選び取るか、ビジネスや私生活で取り組まねばならない様々な課題をどう解決すべきか、自身の好きなことを仕事にする道はないものか、などなど悩みは尽きません。その解決のために、ホームズが犯罪事件解決に使った技術と手法を取り入れて、実際に応用してみればいいのです。ホームズの行動原理は、時を経ても有

効性は変わりません。それどころか、学生、専業主婦、会社の重役、はたまた整形外科医など、どのような立場の人にとっても、その行動原理は応用可能で、分野は問いません。ただただミステリーを読むのが好き、そんなあなたにだって、もちろん役に立ちます。

ホームズの行動原理には、我々にも即実行可能なものが多い

我々自身の生き方の枠組みを変え、よりホームズ的なやり方で成功に近づく。そのためにはどうすべきか。自分の能力を客観的に評価するために複雑な自己評価テストを受けたり、自己啓発書を何冊も読む必要などありません。探偵ホームズの一番有名な特徴、それは細部へのこだわり、揺るがぬ自信、そして、ピンポイントのシャープな着眼、といったところです。実はこれらは誰にでも学習可能かつ応用可能です。これを学ぶに、年齢も教育水準も関係ありません。このことは本書を読み進めてくだされば、すぐにわかっていただけるはずです。ただ、自分自身をより良い方向に向かわせるためには、心構えと習慣を変える必要があります。では、そのためにはどう行動すべきか。本書では各章ごとに、どなたにでも走破可能な、短くシンプルな道筋を提示しています。

ホームズの行動原理は、時を超えて有効

本書で展開される様々な成功原理は、コナン・ドイルが探偵ホームズの物語の中で開示し

ているものです。しかしながら、これらの原理は、決してコナン・ドイル自身が考え出したものではありません。昔から広く世間で、無数の人々によって語られ、学ばれ、応用されてきた成功原理です。ただ、そうした人々は、おそらく探偵小説など読んだこともない人々が大半だったはずです。コナン・ドイルは、こうした古くから知られた成功原則を全部ひとまとめにして、シャーロック・ホームズ・シリーズの中に盛り込んだ。そしてこれら成功原理の驚くべき可能性を、その小説に登場する人物を通じて、読者の前に存分に展開した。コナン・ドイルが偉かったのは、まさにこの点です。

本書の利用法

まず一番初めに知っていただきたい重要ポイント。それは、本書を読むにあたっては、いかなる意味でも、シャーロック・ホームズについての予備知識などは一切必要ない、ということ。たとえ、ホームズ・シリーズをただの一冊も読んだことがない方でも大丈夫。本書を読み進んでいけば、各章で展開される豊富な引用と物語の概略紹介により、短時間で容易に物語の流れをつかむことができるはずです。そして、是非そうなっていただきたいのですが、もし本書を読んだ後でシリーズの原作を読みたくなったとしましょう。それでも心配は無用です。なんのことかって？　本書では探偵物語の結末を明かすような野暮は、二作品を除いて、していませんから。

次に、本書を読むことで、作家コナン・ドイルの人生と、彼に大きな影響を与えた英国ヴィクトリア時代に活躍した偉人たちについて、多くを学ぶことになるはずです。シャーロック・ホームズ成功の秘訣を知るとは、一体どういうことか。それは、ミステリーと歴史と文学と伝記を組み合わせたロードマップを読み解くことである、そうお考えください。

本書は、短い場合には数段落、長くても数頁という、ひと口サイズの各章から構成されています。あらゆる種類の読者を想定して構成されていますから、いろんな読み方が可能です。最初から最後まで全部を読み通す、もちろん結構。その一方で、ほとんどの章が自己完結型で、章単位での理解が可能となっていますから、あちこちツマミ食いが好きな方は、気に入った章からお好きにどうぞ。

さて、どのような読み方をするにせよ、これだけは絶対にお忘れにならないでください。それは『バスカヴィル家の犬』の中でホームズが語る次の格言です。

「世の大半の人々は気づく機会もないけれど、実は、この世界の出来事など、何もかも明らかなものさ」

コナン・ドイルが光輝いて見えるのは、この作家が次の点に気づいていたところにあります。成功を達成するために必要なのは、捉えがたいスキルを習得することでもなければ、また、秘伝の奥義に通じることでもない。真の成功の秘訣、それは我々自身の周りに既に存在している。ただその存在がはっきりと目に見えるようになるための訓練が必要なだけだ、ということを。

知っておくべきいくつかのこと

すでにシャーロック・ホームズや、アーサー・コナン・ドイルについてそれなりに知識のある方は、このコーナーを飛ばしてお読みください。でも、もしこの大探偵についてあまりよく知らないというのであれば、ぜひ目を通してください。ここに書かれたいくつかの簡単な事実を知るだけでも、本書をこれから読み進める楽しさがぐっと増すはずですから。

シャーロック・ホームズ・シリーズ第一作は『緋色の研究』。この作品は一八八七年ロンドンで出版され、シリーズ最終作は、その四〇年後にあたる一九二七年に出されています。

物語の大半は、ロンドンとその近郊が舞台であり、シリーズ初期の著名な作品群は、英国がヴィクトリア女王の統治の下にあった、ヴィクトリア時代（一八三七－一九〇一）に書かれています。この時代の英国は、科学と産業において大きく発展を遂げた時期です。こうした時代の気風を反映する形でホームズは、科学的で、具体的な証拠に基づく、きわめて論理的な手法で、犯罪事件の解決に立ち向かいます。

ホームズを主人公とする諸作品は、多くの場合、『ストランド』[3]（*The Strand Magazine* 月

3　この雑誌については二三頁コラム参照。

4 「探偵ルコック」もので知られるフランスの大衆小説作家（一八三二－七三）。黒岩涙香がその代表作を明治二〇年代に次々と翻訳翻案の形で我

刊）のような雑誌に連載されました。長い話は何号にもわたって続いたために、結末を早く知りたいと願う気短かなファンも、次の号の発行をじっと待つほかありませんでした。

探偵ホームズという主人公を誕生させるにあたり、作者コナン・ドイルは、他の作家から影響を受けています。まず、エドガー・アラン・ポーの生み出した探偵C・オーギュスト・デュパン。探偵デュパンは、ポーの著名な作品『モルグ街の殺人』や『盗まれた手紙』など一八四〇年代に書かれたいくつかのミステリー作品に登場しています。次に、フランスの作家エミール・ガボリオ[4]の創作した高名な探偵ムッシュー・ルコックも。ところで、ホームズのセリフとして有名な「そもそもだがね、親愛なるワトソン君…」という呼びかけの言葉は、本書には一切登場しません。というのも、こんなセリフ、作者のコナン・ドイルは、ただの一度も書いてないのです！　それにもかかわらず、長きにわたって探偵シャーロックの決まり文句になっている。なぜそうなってしまったのか。研究家たちが熱心にその源を追い求めた結果、一九一五年に出版されたP・G・ウッドハウス[5]作のコミック小説『新聞記者ピースミス』に至ります。後にシャーロック・ホームズが映画化されるにあたって、この小説の一部が脚本に取り入れられた、その結果、この小説に出てくるセリフが映画を通して人々の間に浸透した、というわけです。映画では「そもそも…」ではなく、「まさにその通りだがね、親愛なるワトソン君…」というセリフですけれど。

シャーロック・ホームズの住まい兼事務所は、ロンドンのベーカー・ストリート二二一番

が国に紹介したことで知られる。当時としては飛び切り斬新な手法の探偵小説で、ホームズ誕生にあたって大きなヒントになったと言われる。

5　九三歳で亡くなる直前まで七〇年を超える長きに渡って活躍し続けた英国出身の作家（一八八一－一九七五）。男爵家の末裔（本家ではないので襲爵なし）であり、その小説世界は第一次世界大戦前後の英国貴族階級の暮らしをユーモラスかつ言葉遊びの要素を用いながら描いたものが中心。その一方で、コール・ポーター一九三四年の名作 *Anything Goes* をはじめとして、ミュージカルの脚本にも才を示した。母国数奇な事情により、母国

B、にあります。コナン・ドイルがホームズを誕生させた時点では、現実のベーカー・ストリートには、一〇〇番までしか存在していません。しかし、この「二二一番B」は一九九〇年、シャーロック・ホームズ博物館の「正規の地番表記」として公式に認定されるに至ります。その途端、世界中のファンからシャーロック・ホームズ宛の手紙が殺到。それがあまりにも大量であるため、博物館では専任の「シャーロック・ホームズ専属秘書」を任命し、この秘書が殺到するファンレターを整理し、印刷された返書の送付に当たっています。

その誕生から百年以上を経た今日なお、ホームズの人気はますます高まる一方です。シャーロック・ホームズに関する協会やクラブは、世界二五〇か国を超えて存在し、定期的に発行されるシャーロック・ホームズ専門誌やニュースレターの数も百を越えています。

を追われる形で渡米し、一九五五年に米国籍取得。以後一度も英国に戻ることなく、ニューヨーク（ロングアイランド）を拠点に、亡くなるまで活発な作家活動を続けた。その作品はキプリングやジョン・ル・カレ、J・K・ローリングなど様々な作家から高く評価されている。

シャーロック・ホームズの成功の秘訣

——名探偵の人生訓

第1章 的確で正確な知識への飽くなき情熱

彼は的確かつ正確な知識を追い求めることについて、飽くなき情熱の持ち主らしい。
——『緋色の研究』

シャーロック・ホームズのシリーズ第一作『緋色の研究』（一八八七）。作者アーサー・コナン・ドイルはこの作品で、初めて読者に名探偵を紹介するにあたり、およそ通常では考えられない手法を用います。物語は、ジョン・ワトソンの次のような独白から始まります。

私は、アフガニスタンとインドで陸軍の外科医としての務めを終え、軍隊から解放されて英国に戻ったばかりだった。ロンドンにたどり着いたのはいいが、なんとしてでも安い家賃の滞在先を探さねばならない。そんな必死の状況に追い込まれていた。ちょうどその時、偶然にも、かつての戦友でロンドンの病院に勤務するスタンフォードに出会ったのだ。幸運にもこの戦友の知り合いに「なかなか立派なアパートに住んでいて、これをシェアするルームメイトを探している男がいる」というのだ。

「ただし、ひとつ問題ありなんだ」とスタンフォードは続ける。「この男、名はシャーロック・ホームズ。少しばかり変わったところがある男でね。病院の化学実験室で働いているのだけれど、なんだか妙な研究に日々没頭しているんだ。奴の研究テーマはね、まあ、科学の一種ではあるけれど、これがまた変わった内容でさ。いや、僕の知る限りにおいては、決して人間として問題があるってわけじゃない、その点は大丈夫だけど…」。

スタンフォードは、明らかに何かを言いそびれている。そう直感した私は「包み隠さず事実を話してくれよ」と彼に迫った。するとスタンフォードはためらいを振り切るかのように、こう明かすのだった。「ホームズという男は、何事もきちんとした正確な事実を知りたい、という思いが強いのだと思う、ただひたすらにね」。それなら何も悪い話じゃない、むしろ好ましいくらいだと私は感じた。ところが、それに続けてスタンフォードは、事の核心に触れる話を持ち出したのだ。解剖室で、執拗に死体を杖で叩くホームズの姿をその目で目撃したことがある、というのだ。「死後に損傷を受けた場合、遺体の皮膚がどのような変化を見せるかを確認したかったということらしいけれど…」。

これが文学史上初めてシャーロック・ホームズが登場する場面、物語の主人公に関する最初の人物描写です。それが「遺体安置室で死体を傷つける行為を平然と行う人間」というのですから、何たる不幸。読者を驚かせ、その心をわしづかみにして物語に引きこむ。その目的で、作者コナン・ドイルはこんな逸話を作り上げた、そう思ってしまうところです。しかし、ここでのホームズの描写は、ある実在の人物をモデルとして描かれたものです。外科医サー・ロバート・クリスティソン[6]です。この人物は、一九世紀末にコナン・ドイルが学んだエディンバラ大学医学部で、学部のカリキュラム編成と基本方針を決定するにあたって大きな役割を果たした、当時の大物学者です。真に長続きする成功に必要な人間の資質とは何か。このことを考えるにあたり、この人物をめぐる逸話は大切なことを教えてくれます。いくつかご紹介してみましょう。

クリスティソンは、研究に科学的な手法を採用すべきことを訴え、たゆまず実験を行い、膨大な調査研究を積み重ねることで、医学研究の近代化に大きな役割を果たした人物として知られます。一八二九年に提出された、毒薬と毒素が人体に与える影響に関する論文は、当時大きな反響を呼び、その後も、エディンバラ大学の教授を務めながら、様々な病例に関する論文を書き続けていきます。その研究対象が、熱帯熱マラリアのような難病であっても、腎臓結石のような単純な病例であっても、研究態度は一貫して「正確であることを第一とし、徹底して細部にこだわること」でした。彼のこの姿勢は、世代を越えて医学研究者に大きな影響を及ぼします。一八八二年に亡くなった後、ご子息が父親についてこう語っています。

6 スコットランドの医師で毒物学者（一七九七－一八八二）。一八一九年エディンバラ大学を卒業後、ロンドン及びパリで研鑽を重ね、一八二二年に母校の法医学担当教授として赴任。一八三二年からは薬学と治療学教授となり、特に腎臓と熱病の研究と治療で名声を博す。その功績により一八四八年にヴィクトリア女王の担当医となり、一八七一年には准男爵に叙任されている。

「父の研究を読むたびに思ったものです。これはもう、従前のものとは何もかもが決定的に違っている。単に新しい研究手法というだけではなく、医学さらには科学全体にとって決定的な衝撃となるに違いない研究だと。どう表現すればいいのか、父の人間としての心構え、とでも言うべきでしょうか。それが研究という形となって目の前に存在している。そんな感じを受けたものです。」

クリスティソンは長年にわたって、エディンバラ大学で法医学の教授を務めた人です。法医学とは医学と犯罪学が交差する専門分野です。そのため、特に極悪な犯罪が発生した際には、事件解決のために当局から応援要請を受けることが頻繁であったといいます。その一例が、一八二八年に起きた「バーク&ヘアー事件」。二人の男が少なくとも一七人を殺害して、その死体をある医者に売り渡していたという事件です。医者は自分の学生に解剖学を教えるために死体を必要としたのです。当時、合法的に遺体を入手することは困難をきわめていました。そのため医師たちの間では、研究と授業に必要な遺体を入手できるなら、その出所は問わない、という風潮が一般的でした。良心のかけらもないバークとヘアーのような連中は、ここに目をつけます。遺体の出所を問われることはなく、その価格は法外。死体がカネになったのです。

この事件でクリスティソン教授は、遺体に見られる損傷が、被害者の体に対して死亡前に加えられた行為によるものか、それとも死後のものか、その判定を依頼されます。容疑者の行為が殺人に当たるかどうかを判断するに際して、警察にとって最も重要な事実認定です。問題は、この時点まで、死亡前の行為を原因とする損傷と、死後のそれを比較研究した人間が誰一人としていなかった、という点です。「前人未踏の新たな研究が必要だ」、クリスティソン教授は、知的探究への抑えがたい情熱に突き動かされて、この難題解決に身を投じます。まず、大きな犬の死骸を一体、そして、死後間もない人間の男女の死体各一体を準備させます。もちろん合法的に。そしてこれを、一定の間隔で数時間にわたって、ハンマーと重みのある杖を使って打ち続けるという実験を行います。どこかで聞いたような話ですね。そして、こうしてできた遺体の損傷が、生前に打たれた場合の損傷とどのように違っているのか。その観察結果を細心の注意のもとに記録しています。その分析結果が力となって、最終的にバークとヘアーの有罪が確定することにつながります。

『緋色の研究』の別の場面では、スタンフォードがワトソンにこんな話をしています。「ホームズというのは、人体への影響を調べるためなら、自分の体に毒薬を注入するくらいは平気でやれる男さ」。この話もまた、クリスティソン教授がモデルです。教授は、人体への作用を試すため、自ら毒性の強いアフリカ産カラバル豆を食べて、エディンバラ大学の同僚を驚かせています。ご子息によれば「毒性の強い豆を人体に危険を及ぼす分量飲み込んだ父は、これで満足して、その直後に今度は、自分がひげそりに使った後の水を大量に飲むことで、胃の洗浄をしていました」とのこと。ただ、この時はさすがに作用が強く、教授はその後数時間にわたって体力低下、めまい、さらには、筋肉の弛緩が続く状態を経験しています。

しかしながら、この「人体実験」により、確たる実験結果を得ることができたわけです。ここまでして結果を求める医師の意見は尊重されます。この点については、コナン・ドイルもまた同様です。医学生としてドイルは、鎮静剤としての効能ありといわれたガルセミウムの根の乾燥粉末の毒性を、自らを実験台として試しています。「様々な特異な生理的な現象」が生じはじめてもなお、その服用量を増やしていったため、実験に立ち会った友人が見かねて止めに入ったほどだったといいます。諦めを知らぬこの精神。この時のドイルの実験結果は、一八七九年の『英国医学雑誌』に掲載されています。

このように、シリーズ処女作でドイルは、クリスティソン教授の行動を真似る形でホームズを登場させているのですが、これは決して偶然の展開ではありません。エディンバラ大学で医学を学ぶ過程でコナン・ドイルが、この名医の厳格な研究手法と凄まじいほどの不屈の精神から、大きな影響を受けたことは明らかです。『緋色の研究』で探偵ホームズがとる一見奇妙な行動、それは実在したクリスティソン教授の行動と全く同じ原理、すなわち「的確かつ正確な知識を求める抑えがたい情熱」から生じているのです。ホームズは遺体の損傷がどのように生ずるものであるかを正確に知る必要があった。それは決して、屍体愛好というような病的な嗜好からではありません。犯罪事実を解明し、犯人を裁きの場に引き出す。この大目標を達成するためには、その知識が役に立つ。いかにして損傷が生じたか、目撃証言との整合性をとりながら、死体に生じる損傷の程度の変容を正確に把握する。それによって殺人犯を特定し得る可能性がある。だからこそ「屍体を鞭打つ」という行為を試みたわけです。こうした特異な行動に関して、ことの背景を知らない世間からは、どれほど悪口や噂を立てられるかもしれない。しかし、そんなことには一切お構いなし。この試みによって獲得される新たな知見は、犯罪者に対して探偵という自身の立場を有利にする。ならば、ひたすら新知識獲得に邁進するのみ。クリスティソン教授もまた、ホームズとまったく同じ考えであったであろうことは、まず疑いの余地がありません。創作された物語上でも、また、この現実社会においても、「天才」というのは行き着くところ、その発想の原点は同じです。彼らは、自ら追い求めるものが何であるのかを正確に把握しています。その上で、熟考する。いかにすればこれを自己のものとすることができるのか。自らが選んだ道で、その道を歩んでいく途上のあらゆる局面において、ピンポイントで焦点を合わせて、目的達成に邁進する。外部の目には「とても正気とは思えない」ほどの激しさで。

このことは、現実社会における我々の職業選択を考えるとき、良き参考となります。ファッションの世界に進むのか、漫画家、エジプト考古学者、素粒子研究者、はたまた車の修理工などなど。なんだって構いませんけれど、自分がこれから進もうという職業の何たるかについて、どれくらい把握できているでしょうか。職選びに際して、「もうこれ以上はできない」という水準まで調べを尽くしていますか？　寝ても覚めても考え続けていますか？　いいえ、何も命がけで、クリスティソン教授や死体安置所でのホームズを真似せよ、とまで言うつもりはありません。しかし、せめてこれから述べる程度の行動ができなければ、あなたに未来はありません。

まず自分が進みたい分野で定評のある本物のプロを探し出して、ランチに招待する。こうして話を聞くだけでも、プロの経験をお裾分けしてもらうことができます。次にその分野の専門書を探す。ネット書店や図書館のウェブサイトでキーワード検索をかけて、自分が選んだ専門分野で出版されている主要な書籍のリストを作成する。その上で、「リストにあるすべての本を読了するぞ！」と自分自身に誓う。そして、どれほど時間がかかろうとも、その誓いを実行する。

しかし、こうした行為を実行するにあたり、敢えて極端に至ることを恐れないこと。これが一番大切なポイントです。たとえば、サラリーマンであるあなたの目標が、レストランの外食チェーンの創業、だとしましょう。そのためにまず、会社から一週間の休暇を取得する。その間に、自分の家から半径一五〇キロ圏内にあるすべてのチェーン・レストランをしらみつぶしに訪れてみる。各店のメニュー、トイレの清潔度、レジ担当者の人数等々について詳細なメモを作成する。それぞれの店長や副店長から話を聞いてみる。一週間の貴重な休暇をみすみすそんなことに費やすなんて、「あいつ頭がオカシクなったんじゃないか」、周りの人や会社の同僚からは、そう思われるかもしれません。でも、だから何？　なのです。「屍体を鞭打つシャーロック・ホームズ」がどう思われたか、覚えていますよね。自分が進もうとする分野で一流になるために邁進する、その度合いにおいて「行き過ぎ」なんてことはあり得ないのです。猪突猛進あるのみ。

作品『四つの署名』で、ホームズがワトソンと何気ない会話を交わす場面。ここでコナン・ドイルは、ホームズの知識獲得法について、より深みのある描写をしています。

「近頃僕の仕事の場は、ヨーロッパ大陸にまで広がってきたんだ」。ブライヤー[7]のパイプにタバコの葉を詰めながら、ホームズはおもむろに、こんな話を始めます。「先週フランソワ・ル・ビヤール氏から助言の依頼があった。君も知っての通り、氏は最近フランス刑事当局で評判の人だよね…」「でも、生徒が先生にお願いするという姿勢だったね」とワトソンが答える。「氏はいささか僕を買いかぶり過ぎだと思うけどね」とホームズが軽く応ずる。「それにしても、彼はかなりの才能に恵まれた人だと思う。理想の探偵として必要不可欠な三要素のうち、少なくとも観察力と推理力という、二つの要素については間違いなく備えている人だからね。あの人に欠けているのはただ一つ、知識量なんだな。ちょうど今彼は、僕の作成したちょっとした文書をフランス語に翻訳している最中なんだ。まあ、やがては十分な知識が備わる日が来るとは思うけれどね」。

7 地中海地方原産のツツジ科エリカ属の常緑低木。その根が良質のパイプの材料として知られる。

スキルと知識。この二つはよく混同されがちです。ホームズが『四つの署名』の中で語っているように、実際には、この両者はまるで違うものです。自分が進もうと思う専門分野で、十二分なスキルを獲得することは可能です。しかしながら、そのスキルに知識という背景が備わらなければ、真の成功に至ることはまず無理な話です。でも安心してください。インターネット時代の今日、知識の獲得は、以前のように難しいことではなくなりつつあります。

ホームズ・シリーズとして公認された「正典」と呼ばれる作品群を見渡してみれば、名探偵が驚異的な歴史知識の持ち主であることを示す例に幾度か出会います。今「驚異的な」という形容詞を使いましたが、その知識の獲得方法を分析してみれば、結局のところは「時間をかけて多くの書籍や新聞を読む」という単純な行為の積み重ねに行き着きます。また、毎日一五キロのランニングをこなす。もしくは毎週一〇時間のウエイト・トレーニングを自らに課す。これを続けていけばやがて、友人たちが驚くような肉体の変化が生ずるはずです。しかし、これもまた実際には、「日々の運動」という単純な行為の積み重ねの結果に過ぎません。自分の専門分野に関して、集中力をもって専門書を深く読み込む。これを続けることができればいつか、あなたの知識の集積の凄さに、誰もが驚く日がやってくるはずです。

『緋色の研究』に戻れば、この作品でワトソンは、戦友のスタンフォードによって初めてホームズ本人に紹介されます。その時たまたまホームズは、犯罪現場に残された血液に関して、これまでにない方法でこれを分析する新たな手段を発見したところでした。もしこの方法がもっと早くわかっていたら、どれほど多くの事件解決に役立ったことか。このことを、ホームズは有頂天で二人に対して話し始めます。

「フランクフルトで昨年起きたフォン・ビショッフ事件。この検査方法がわかっていれば、彼は確実に絞首刑になったはず。それから、ブラッドフォードのメイソン事件、悪名高きマラー事件、モンペリエのルフェーブル、さらに、ニューオーリンズのサムソン事件。ざっと挙げるだけでも、これくらいは、この方法で解決できたはずなんだ」。「君はまるで犯罪の生き字引みたいだね。いっそ、こうした事件ものの路線で新聞でも出したら当たるんじゃないか。たとえば『過ぎ去りし日の警察事件ニュース』なんてタイトルはどう?」とスタンフォードは笑いながら言った。ホームズ答えて曰く「確かに。読み物としても十分楽しめるものにできそうだしね」。

ただし、どうぞお忘れなきように。知識獲得の目的は、パーティーでこれをひけらかして周りの人を驚かす、なんてバカな目的のためじゃありません。いかに優れた調査スキルがあったとしても、これを論理的な筋立ての中で活用することができなければ、なんの意味も無いのです。ホームズには、このことがイヤというほどよくわかっていました。たとえば、無数の事件の細部に彼が首を突っ込まなかったならば、おそらく、この新しい血液検出方法がこれほどの重要性を持つとは、理解するに至らなかったはずです。多数の犯罪現場での体験が生きたのです。同様に、ホームズには、底知れぬほどの多様な知識があったからこそ、新しい分野の学習にその才能を集中することができたのです。どういう意味かというと、彼は広範囲の読書を重ねていたため、過去の発見や捜査方法に関して既に知識の集積があった。そのため、ゼロからのスタートではなく、既存の知識を活用することで、時間を節約することができた。探偵ホームズは、温故知新を地で行く人だったのです。

第2章 仕事がちっとも楽しくない？

そして叫ぶ。「起きて、ワトソン君、さあ起きて！」

「獲物が出てきたぞ。返事は無用！　さあ、起きて、さっさと服を着て！」

――『僧坊荘園』

凍てつく冬の夜、暖かい布団の中でぐっすり熟睡している、そう想像してみてください。火事や地震のような緊急事態でもなければ、いったい誰が寝床から飛び起き、そこらにある服を慌てて着こんで、まだ真っ暗な寒気厳しい外に飛び出して行くでしょうか。

しかし、作品『僧坊荘園』でのシャーロック・ホームズは、飛び出して行きます。そのきっかけ？　ほとんど見ず知らずの、ロンドン警視庁のある警部から届いた、一通の援助要請の電報です。普通の人間ならまず、寝ぼけ声で「お断りします」と言って、天国のように寝心地の良い暖かな布団の世界に戻るところです。しかし、ホームズの対応は違いました。この対応の仕方こそ、これ以上はないというほど、ホームズ的個性あふれる行動の典型例です。

手燭を片手にワトソンの寝室になだれ込み、その体を揺すって、彼を起す。そして叫ぶ。「起きて、ワトソン君、さあ起きて！」「獲物が出てきたぞ。返事は無用！　さあ、起きて、さっさと服を着て！」。その数分後には二人は、ガタガタと揺れる馬車でチャリング・クロス駅へと向かっていた。ケント行きの列車に乗り、警部と落ち合った上で、犯罪現場へと向かうためだ。あまりに急いだため、朝食をとる暇さえなかった。

「獲物が出てきたぞ！」これは、シェイクスピアの『ヘンリー五世』に出てくるセリフで[8]、ヴィクトリア時代の教養人なら、「ああ、あの場面か」とわかったはず。これがドイルの物語で使われて一気に大衆化し、今では分かちがたく、シャーロック・ホームズを連想させるセリフとなっています。これには、そうなっただけの理由があります。たしかに、コナン・ドイルがこのセリフを創造したわけではありません。しかし、「正典」のシリーズ全体を見渡しても、このひと言ほど、シャーロック・ホームズという天才の気質を象徴するにふさわしい言葉は他にありません。

「獲物が出てきたぞ」（"The game is afoot."）今一度このセリフを読み返してみてください。「仕事が出てきたぞ」でも「儲けのタネが出てきたぞ」でもなく、「ロンドン警視庁を唸らせて俺様の名声をさらに上げるチャンスが出てきたぞ」でもありません。あくまでも「獲物が出てきたぞ」です。鍵は、この「獲物」（game= ゲーム）という言葉にあります。

8　第三幕第一場での王の言葉。百年戦争後半における山場の戦いで、仏軍に包囲された英国王ヘンリー五世が、獲物の匂いを嗅ぎつけた猟犬の昂ぶりになぞらえて、自軍の武将と兵の戦意を鼓舞するために発する有名なセリフの一部。これに続くアザンクールの戦（一四一五年一〇月）で同王は、英軍に数倍する仏軍を撃破し、圧倒的な勝利を収めるに至る。

シャーロック・ホームズをして、安楽な寝床から飛び出させ、凍てつく寒さのロンドンの街路へと走らせた原動力、それは何か。銀行口座の残高を増やすため？　必要な支払いに迫られたため？　それとも、ロンドンの新聞でニュースとなって自己宣伝につなげるため？　すべて「否」です。答えは正反対！　ホームズが警部に会うために道を急いだのは、これが新たな「獲物探し」（犯人探し）という「ゲーム」に参加できる、絶好の機会だったからです。好きこそものの上手なれ。「犯人探しゲーム」は、まさにホームズの天職なのです。

「俺もいつの日か天才と呼ばれたい！」ですって？　そのための参考書なら、いくらでも出ていますよ。でも、そんな自己啓発本を山ほど読んだり、適性テストを受けたり、三日間目標達成セミナーに出席するなんてことに月日を費やす前に、これだけはやってみてください。わずかな時間で構いませんから、天才の行動様式を分析してみることです。作者コナン・ドイル自身も、これを自然な形で経験しています。アーティスト、作家、思想家を輩出している家系に生まれたドイルは、自分の一族の日常の行動様式を注意深く見ながら育ちました。このことだけでも、ユニークな「人生成功の秘訣」を学ぶ機会となったと言えるでしょう。たとえば、ドイルの母は「エディンバラ哲学協会」の会員であったこともあり、当時の著名な知識人たちと知り合いでした。その筆頭が、医師で作家の大人物オリバー・ウェンデル・ホームズです。[9] まだ年若きドイルが、自身の有名な探偵小説の主人公に、その同じ名をつけることになる人物です。もしコナン・ドイルが、ごく普通の、ありきたりのミドルクラス家

9　アメリカの医学者にして文筆家・詩人（一八〇九－一九四）。教会聖職者の子で幼時より神童として知られ、一七歳で実家の隣にあるハーヴァード大学に入学。特に医学と法学、詩と語学に関心深く、仏伊西三つの外国語科目で優秀な成績を収め、詩作を通じて詩人エマソンの兄と友人になっている。優等で学部卒業後ロースクール（法律）に進学するも、一八三一年法学への興味を失い、医学部に転身。一八三三年パリのエコール・ドゥ・メディスィーヌに留学して仏語で先進医療を学んで帰国、一八三六年にハーヴァードより医学博士号を授与される。以後先進医療普

庭[10]の生まれだったとしたら、はたして、シャーロック・ホームズという人物像を創造しえたかどうか、かなり疑問です。探偵ホームズは、コナン・ドイルがその生涯を通して出会い、これを間近に観察することのできた、多くの天才的人物たちの存在があって初めて誕生しているからです。こうした天才的な人物たちが体現する最高最強の諸能力。これをただ一人の男に集中的に投影することによって、天才探偵ホームズは誕生しています。だからこそ、ホームズの物語を注意深く読むことに意味があるのです。コナン・ドイルは、きわめてユニークな形で、大きなミステリーを解く秘訣を私達に書き残してくれているのです。それすなわち、成功者となるための秘訣、です。

本物の天才とは、いかに行動するものなのか。『僧坊荘園』を読むとよくわかります。天才とは遊びの達人、です。自分の好きなことに出会ったら、即これにのめり込む。夜中だろうが気温零下だろうがお構いなし。強度のアドレナリン依存症患者なのです。この点においてホームズは、同じイギリス人であるリチャード・ブランソンに似ています。言うまでもなく、世界に冠たるヴァージン企業グループの総帥です。ブランソン氏は、雑誌発行から航空会社経営、さらには健康管理クリニックに至るまで、実に様々な分野に飛び込んで、その事業を成功させてきた人です。「楽しくなければ、事業じゃない」いずれの事業にも、この有名な標語に基づく氏の熱い想いがこもっています。しかもこの企業哲学は、既にその実効性が証明済みです。本書執筆時点において、ブランソン氏の資産はすでに、四〇億ドルを越え

及のため新たに医学校を設立したり、ダートマス大教授を努める等、八面六臂の活躍で、米医学界の大物学者となっていく。特に、病理の原因と結果を探る分析に、実証的な論理整合性を重視することを提唱したことで知られる一方で、一種の神秘主義に傾倒するという側面もあった。

10　ここでミドルクラスとは現代日本語の中産階級という概念とは大きく異なる。当時の英国では、できれば三〜四人、最低でも一人の家事使用人を置くことのできた家庭を指し、ごく一部の上流階級を除けば、所得水準において人口割合で上から二〇％ほどに含まれる階層を意味する。

ています。そこに至るまでには、数々の成功だけではなく、世間の誰もが知る大失敗も山ほど経験しています。にもかかわらず氏は、どんなときでも、トレードマークとも言えるあの笑顔、初めて見た人が驚くような凄い笑顔を絶やすことがありません。なぜ？　彼にとっては「新事業立ち上げの巨大なリスクを取ること」こそが生きがいそのもの。そのためなら寒風吹きすさぶ冬の夜中でも飛び出して行く。だから失敗しても笑顔、なのです。

自ら進んで大きなリスクに身をさらす。天才の一面です。たとえば『僧坊荘園』では、こんな話の展開が見られます。ホームズはワトソンと共に、ロンドンから犯行現場であるケントにまで、はるばるやってくる。ところが、この「地元の地主殺人事件」というのが、どうやら「ありきたりな事件」らしいと知り、犯人探しゲームとしては「面白みに欠ける」ことが見え始めて、落胆することになります。というのも、様々な証言から、すでに犯行の流れが明らかになっていたのです。ランドール一味と呼ばれるギャングの一団が屋敷に押し入り、貴重品を盗もうとしていて、たまたまその部屋に入ってきた家主のサー・ユースタース・ブラックンストールを殺害し、その妻をひもで縛り上げた上で、まんまと逃げおおせた。そんな事件の経緯です。ワトソンはこう記しています。「これを知った途端、ホームズの顔からは、鋭い興味と関心のあることを示す表情が瞬時に消え去っていった。もはやこの事件に解くべき謎などない。事件としての魅力は完全に失われてしまったのだ」「たしかに、まだ、犯人逮捕という仕事は残っている。しかし、こんなありきたりの悪党をつかまえるために、ホームズほどの男がわざわざ手を汚す必要など、いささかでもあるだろうか？」

単純な事件の謎解きに手を染めるくらいなら、道で犬の糞でも踏んだほうがマシ。これがホームズの内心です。それくらい「難事件の解決」という仕事に惹かれる。というのも、難事件こそが彼の内にある「獲物追跡本能」を刺激するものであるからです。解決すべき事件が難しければ難しいほど、勝利する喜びは大きくなる。これに比例して、満足感と達成感もまた大きくなる。幸運にもホームズは、物事を簡単には諦めない性格です。解決すべき事件は、より興味深い、頭を使う知的ゲームでなければならない。事件現場には、その喜びをもたらしてくれるタネ、いわば「ゲームで使う駒」が転がっている。ホームズが犯行現場を重視する背景には、この心理が潜んでいます。「現場の床にひざまずいたホームズは、館の奥様が縛られていたという赤いひもの結び目を調べていた」「次に、賊が引っ張った際に、ちぎれてボロボロになったひもの端を、細心の注意を払いながら観察した」とワトソンは書いています。

このちぎれたひもの切れ端こそ、ホームズが証拠として手にすることを待ち望んでいたものだったのです。そのひもの切れた位置と切れ方を確認したホームズは、ブラックンストール家の奥方が語ったランドール一味犯行説は、どう考えてもありえないと判断。奥方は嘘をついているらしい、と結論づけます。このことをきっかけとして、ホームズにとって、事件は俄然「面白く」なり始めます。やがて、ひもの切れ端を発端として、次々と別の証拠が上がってくる。これを総合した結果、ついに真実が明らかになります。

ブラックンストール氏を殺害したのは、戦艦に乗る海軍将校で、奥方と密かに愛人関係にある男だったのです。奥方は愛人の身を護るために、ランドール一味による犯行という空々しい作り話をでっち上げたわけです。ここでホームズは、さらに深く事件の真相を知るに至ります。殺されたブラックンストール氏はひどい癇癪持ちで、犬を灯油まみれにして火をつけたことがあるような男でした。ある日、この癇癪持ちが怒り狂って奥方を殴りつけていた。ちょうどそのとき、愛人の将校がこの館を訪れたのです。愛する奥方の身が危ない、そう思った将校が間に入って揉みあううち、誤ってその夫を死に至らしめる結果となった。

この事実を知った時ホームズは、彼としてはめったに見せない行動に出ます。ブラックンストール夫人と将校が、以後の人生を幸せに送れるようにと、名探偵は自分が知ることとなった事件の真相を、警察には一切報告しない、と決めるのです。その結果「事件の解決が出来なかったホームズ」をロンドン警視庁の警部が見下すようになる可能性がある。また、真犯人逮捕で警部が期待していた報奨金の夢が潰えることで恨まれる可能性がある。しかし、そんなことはまったく気にしません。他人の思惑なんてどうでもいい！　リチャード・ブランソンと同じです。ホームズが進んで難事件に首を突っ込むのは、名誉や報償なんかには関係なく、ただただ、その解決過程が面白いから。この一点に尽きるのです。

真に「天才」と呼ばれる域に達するためには、自身の仕事の内面に、常にこうした「熱い想い」がほとばしっていなければなりません。その意味するところは、こういうことです。天才にとって最も大切な目標は、自身の心の内に存在している。ブランソン氏の場合には、これが激しい競争心です。ホームズが追い求めるのは知的な刺激です。こうした自身の内に秘めた、人並み外れた激しい欲求。これを満足させるためなら、天才はいかなる犠牲を払うことも厭わない。こうして、外部から見れば「正気じゃない」と思われるほどにまで、徹底して自己の欲求を満足させる途を追い求めていく。その過程で天才たちは、そうした激しい行為の付随的な結果として、様々な成果を享受することになります。ブランソン氏の場合には、これが「たまたま」四〇億ドルの資産という成果を生んだ。ホームズの場合には、「究極の名探偵」という名声を築き上げるという結果をもたらした。どちらも夢のような成果です。しかし、こうした華々しい成果も、天才たちにとっては、あくまでも「副次的なもの」にしか過ぎません。自身の内に秘めた感覚、強い欲求、興奮、そして、抑えがたい激情。これらを満足させたいという主目的達成の過程でもたらされた、余録に過ぎないのです。[11]

凍てつく厳冬の深夜。あなたは暖かな毛布の山に埋もれて眠っている。そう想像してみてください。その安楽を投げ打ってでも真冬の闇夜に飛び出して行きたい。そう思わせるだけの「何か」がありますか？　そうまでして深夜に追い求めなければならぬほど、あなた自身にとって価値がある「何か」が？　答えは人により様々でしょう。しかし、その「何か」が、文字どおり「値千金」をもたらす可能性を秘めている。このことだけは間違いありません。

11　近年こうした天才の行動原理を経営学的に分析して、これを「オブリーク目標達成法」と称して、企業経営に導入する動きのあることが注目される。「オブリーク目標達成法」とは、一九七〇年代英国のミュージシャン、ブライアン・イーノとピーター・シュミットにより開発された、凝り固まった頭をほぐすヒントになる言葉が記された約百種のカードを使った発想法の一種。今世紀に入って、先進的な企業経営の現場に導入され始めたことで、新たな注目を集めている。

コラム 1.『ストランド』誌と出版人ニューンズ

ホームズもののほとんどが発表された『ストランド』誌はジョージ・ニューンズ（1851-1910）が1891年1月に創刊した月刊誌です。物語第3話『ボヘミアの醜聞』が同年7月号に掲載されて大きな話題となり、同誌の販売部数が急上昇。以後1927年4月号掲載の『ショスコム荘』に至るまで、36年間にシリーズ56編が掲載され、雑誌の人気を支えると同時に、ドイルの名声を確立する原動力となりました。

それには、創刊号から40年間にわたって編集長を務めた、ハーバート・グリーンノウ・スミスの着眼点の良さと編集力があります。創刊時から当時としては珍しい、各ページにイラストや写真を掲載するという「ヴィジュアル誌志向」で、記事はフィクションとそれ以外の雑誌記事が半々、想定読者層はミドルクラス。いわば「話題満載トレンディ雑誌」という位置付けで、これが当たったのです。

ニューンズは、1881年『ティット・ビッツ』誌（最盛時70万部）を創刊して雑誌業界に参入、次いで『ストランド』、今に続く『カントリーライフ』などヒット雑誌を次々と発行するという天才的な雑誌発行人でした。その『ティット・ビッツ』誌で働いていたピアソンが創刊したのが新聞『デイリー・エクスプレス』紙であり、また、同誌によく寄稿していたハムズワースは新聞『デイリー・メイル』紙を創刊しています。現代の新聞雑誌メディアの基礎が形成されていく時代の中心点にいたのが、ニューンズだったのです。

『ストランド』誌表紙▶

第3章 ものごとの細部へのこだわり

「細部へのこだわりという点で、驚くべき天才だと言っていいね、君はほんとに」
その私の言葉に彼は答えて「その点こそ、いちばん大切なことだと思うよ」
――『四つの署名』

小説の主人公としてシャーロック・ホームズほど退屈な存在も数少ないのではないでしょうか。ちょっと思い浮かべてみてください、探偵の私生活を。ホームズには「友達」と呼べるような人は、ほんのわずかです。夜は書斎に閉じこもって憂鬱げに考えごとをして過ごすか、さもなければ、ヴァイオリンを弾くくらいのこと。もちろん、憑かれたようにして徹夜で仕事をしない日は、ということですけれど。世間話で人と気楽におしゃべりを楽しむなんて、大の苦手。『緋色の研究』では、初対面の後、同居人となってすぐのワトソンが、こんなことを記しています。「この男は驚異的な知識の持ち主でありながら、同時に、無知ぶりも半端じゃない。現代の文学や哲学、それに政治に関しては、これはもう何も知らない、と言っていい」。

しかしながらワトソンはすぐに、この新たな同居人について、ある別の事柄を発見します。この男の「異様なほどの細部へのこだわり」についてです。そのこだわりの対象は、ある種の事柄に限定されてはいるものの、とても世間で言う「細かいことを気にする奴でさ」なんてレベルではないのです。ワトソンは次のように記しています。「しかしながら、その限られた分野についての知識の集積は驚異的だ。彼が関心を抱く、ある特定の分野のことに関し、恐ろしいほど広く深くその世界を知るという点には、ただただ驚かされるばかりだ」「このようなきわめて細部にまでわたる正確な情報を、山のように頭に叩き込むには、膨大な勉強をこなす必要がある。よほど確固たる目的意識がない限り、それだけの努力を積み重ねることはまず無理だ。この細部へのこだわりを徹底するという、一種の重荷を自ら背負うという裏には、絶対、何か大きな理由が隠されているに違いない」。

そしてワトソンはすぐに、次のことを知るに至ります。ヨーロッパでも最重要人物の中に挙げられるような警察の幹部たちが、ホームズの助言を求めて頻繁に連絡を入れてくるのです。ワトソンの同居人が関心を抱く、ある限られた分野に関するきわめて詳細な情報、それを求めてのことです。ホームズは単なる探偵ではなく「捜査コンサルタント探偵」、すなわち捜査のプロに助言を与える探偵なのでした。その後の展開として、『四つの署名』の中に、次のような話が出てきます。「仕事のないときには科学論文を書いているのさ」とホームズがワトソンに明かします。これをきっかけに、二人はちょっとした議論を展開し始めます。

大笑いしながらホームズが打ち明けます「なんだ、知らなかったのかい。これまでにいくつか論文を提出しているんだぜ。どれもみなテクニカルなテーマでね。たとえば『各種タバコによる灰の違いについて』という論文では、葉巻、紙巻たばこ、それにパイプたばこ、合わせて一四〇種類の異なる種類のタバコの灰の違いについて、カラーのイラスト付きで列挙して説明してみたんだ。というのも、これがいつも刑事裁判で争点になるのさ。時にその違いが、犯行の様子を解く重要な鍵になることがあるからね。たとえばの話、殺人事件の犯人が、間違いなくインドの両切葉巻を吸っていたことが判明すれば、それだけで捜査対象を絞り込めることになる。インド産両切りトリチノポリーの真っ黒な灰と、ヴァージニア産バーズアイの白い綿ほこりみたいな灰じゃ、見る人が見れば、それはもうキャベツとジャガイモくらい違っていて、一目瞭然だからね」「細部へのこだわりという点で、驚くべき天才だと言っていいね、君はほんとに」とワトソンが言ったのに対して、ホームズは次のように応えた。

「その点こそ、いちばん大切なことだと思うよ。たとえば、現場に残された足跡を記録するにあたって、パリ製の石膏を利用して足跡を保存する方法。これについての論文を書いたこともある。また一方で、様々な職種で仕事の環境が手の形に与える影響ね。これが、屋根のスレート葺き職人、船乗り、コルク切断職人、植字工、織工、そしてダイヤモンド磨き職人ではそれぞれ違うということについて、ちょっとした研究を発表したこともある。

こうした知識は、僕のような科学的探偵にとってはきわめて大きな実利があるんだ。特に、引き取り手のない遺体や犯罪の前例捜査の場合にね。まあこんな僕の趣味については、話を聞かされる方はウンザリだろうけどさ」。

タバコの灰を分析し、様々な人の手の画像を熟視する男。こんな話だけ聞けば、おかしいくらいオタクっぽい感じがしますよね。それにちょっとウンザリな感じも。でも、おそらく、このオタクは自身が追求する分野については、驚くほど優れた能力の持ち主であるはずです。

コナン・ドイルは一流のアーティストを輩出している家に育ちました。それゆえに、自ら選んだ専門分野で習熟するためには、物事の細部に細心の注意を払う努力を怠らないことが大切だ、ということを理解していました。父親は一流の画家です。伯父[12]は一九世紀英国で一世を風靡した風刺雑誌『パンチ』[13]の表紙を見事なイラストで飾っています。親戚には他にも何人か、一流のイラストレーターが出ています。まだ写真技術が広く一般化していない時代ですから、その仕事には実像の正確な再現が求められました。描く対象が有名な政治家の似顔絵なら、頭の白髪一本一本に至るまで、ロンドンの街並みなら、街路の敷石一つ一つに至るまでの、正確な再現です。こうした細部を描くために何時間も費やして、常に仕事の完璧さを追求していく。そんな人々に囲まれた環境で、コナン・ドイルは育ったのです。我々が午後の田園風景をのんびりとスケッチでもして過ごそうというとき、もし、草の葉一枚一枚

12 コナン・ドイルの父の兄リチャード・ドイル（一八二四－一八八三）は、ディケンズやグリム童話などの物語や、ジョン・ラスキンの書籍の挿絵で有名。後に、全盛期の『パンチ』誌のレギュラー画家として活躍した。

13 一八四一年に社会派ジャーナリスト、ヘンリー・メイヒューとエベニーザ・ランデルス等により創刊されたユーモアと風刺からなる時事雑誌。メイヒュー自身とマーク・レモンの編集と風刺画が好評で一八四〇～五〇年代の英国で最も影響力のある週刊誌として隆盛を見る。以後、大英帝国を代表する雑誌として定着、発行部数のピークは第二世界大戦直

に至るまで正確に描かねばならないとしたら、それは何とも単調で、あまり心弾まない時間になると思いませんか。しかし、当時のプロの画家やイラストレーターにとっては話は別。実像を正確に再現するためには、こうした細かな作業を端折ることはできませんでした。もし、きちんと細部を再現することなく、現実とは異なる絵を描いたならば、これは当時のプロの仕事としては間違いなく落第です。そんな半端仕事に金を払ってくれる人など、誰ひとりいなかった時代ですから。

さて、「エキスパートになりたい！」そう思うならば、具体的な分野の選択が、まず問題となります。その過程では、上記「細部へのこだわり」とまさに同じ心構えで、細心の注意を払って選択を行う必要があります。ここでは「焦点を絞り込むこと」、すなわち「できるだけ専門性を絞り込むこと」がキーポイントです。「金持ちになりたい」とか「有名になりたい」もしくは「素晴らしい人間になりたい」などという漠然とした目標では、とても十分とは言えません。コナン・ドイルが創造したキャラクターであるホームズは、自分自身の目標が「名探偵になる！」という一点にあることを、イヤというほど理解していました。この基本目標が定まった後は、その実現に至るまでの細目の決定は容易です。というのも、その道筋は誰の目にも一目瞭然。要するに、自身が選択した専門分野で一番になるために必要と思われることであれば、それが何であれひたすら実行する。それしか道はありません。自己の選んだ専門分野について、ひたすら深く、深く追求する。他の誰にも負けないだけの深み

後で約一八万部。この後長期低落を続け一九九二年に一五〇年に及ぶ歴史を閉じて廃刊に至る。一九九六年ロンドンの百貨店ハロッズのオーナーとして知られるモハメド・アル・ファイド氏が新たに復刊するも部数低迷し赤字累積。二〇〇二年発行部数六千部にまで落ち込んだ段階で、再度の廃刊に至っている。

に至るまで、これを極める。その心構えがあれば、さして仕事に真剣みのない同業者になど絶対に負けません。その過程で必要なのは、ひたすら自分の専門に関連する情報を、いかなる細目であっても疎かにすることなく、これを追い求め続ける姿勢です。この姿勢を続けていけば、いつか必ず、自信を持ってこう宣言できる日がやってくるはずです。「我こそは、誰にも負けない深い知識を持つ〝真のエキスパート〟なり」と。

しかしながらホームズは、ただ意味もなく知識の集積に励んでいたわけではありません。新たに獲得した情報は、必ず仕事で生かします。明確な目的のある情報収集なのです。一見何の意味も持たなそうな様々な情報の断片を材料として、彼は、一人の人間の人生すべてを再構成することができました。まさに天才です。『緋色の研究』の中でホームズは、こんな話をしています。

「(事象の分析方法と演繹の仕方を追求してみようという人々には)人間の道徳観や心理面など分析の難しい対象に向き合う前に、もっと基本的な諸問題を把握する方法をマスターさせるべきだと思う。たとえば、瀕死の人間と向き合う機会を与えてみる。その様子を観察させて、それで、その人の人生の歩みを思い描き、その仕事の職域を推測させてみるのさ。子供じみた訓練だと思われるかもしれないけれど、これだけでも、観察能力が鋭くなり、注目すべき体の部所や、その見方を学ぶことになる。たとえば、指の爪、コートの袖口、靴、ズボンの膝、人差し指や親指のタコ、顔の表情、シャツの袖口、こうした諸々から、その人の職業が自然とわかるはずだ。もし、こうした諸要素をつなぎあわせて総合的に判断することができるようになったとしよう。有能な人であれば、たとえ解決不可能と思われるような難事件であろうとも、こうした判断力が武器となって、事件の解決に大いに役立つこと間違いなしさ」。

コナン・ドイルの物語は「ささいなことから語り始めて、そこから一気に読者を大きなテーマへと導く」そうした展開の見事さで知られます。たとえば、コートの袖口がどうこう、というようなマイナーなことから話し始めて、話を大きな出来事へと導いていく。ふたたび『緋色の研究』からの場面です。ホームズの許に、一人の使者が手紙を届けにやって来ます。ホームズはひと目で、その使者が、王立海兵隊の軽歩兵師団を軍曹で除隊した男だと見抜くのです。

「まず、この窓からだって、通りを歩いてやってくる彼の、その手に彫られた青い大きな錨が見えたくらいで、海の香りがぷんぷんさ。で、乗ってきたのが軍用馬車。つぎに、ほお髭、とくれば海兵隊だ。しかも、なにがしかは部下を動かす立場にある男、という雰囲気。頭をしっかりとかかげてステッキを振る独特のしぐさ。君もこのあたりを注意して見てなきゃ駄目さ。ビシっとしていて、そこそこの地位にはありそうな中年の男。そして、その顔の表情をよーく観察すれば、最後は軍曹で除隊したらしいって痕跡が、あれこれ見えてきたのさ」。

こうした物語の展開を目にすれば、どうせ読者を喜ばせるために作家がひねりだしたオハナシだろう、と言いたくなるところです。しかし、このホームズの人間鑑定術には、実在のモデルが存在していたのです。作者ドイルが医学部時代から知る教授陣の一人で、その人自身「天才」と呼ぶにふさわしいジョセフ・ベル[14]です。この教授は、底知れぬ知識の受容力があるだけではなく、その知識を実社会でのあれこれに活用する能力にも長けていたのです。一八九二年、ある雑誌のインタビューで、ドイルはこんな話を披露しています。

物語の主人公シャーロック・ホームズは、実は、ある実在の人物をモデルにしています。いわば、この人物の化身、と言っていい。それが誰かといえば、僕がエディンバラ大学医学部の学生だったときに出会った、ある教授です。教授は外来担当でしたが、患者が診察室に入ってきて、まだ一言も口をきかないうちに、診断を下しちゃうんですよ。「こんな症状が出ているでしょ」と、その患者の病状に触れた上で、患者の暮らしを、その細部に渡るまで話し始めるわけです。しかも、先生の見立てが外れるということは、まずなかった。巡回で周りを取り囲んでいる学生たちに向かって、教授はよくこんなふうに説明していました。「諸君、患者がコルク材切断の職人であるのか、それとも屋根ふき職人なのか、私にはそこまでは、いまひとつはっきりわからない。ただ、患者の人差し

14 外科医でエディンバラ大学講師として名声を馳せ、法医学を通して現代的な科学的犯罪捜査法の基礎を確立することに貢献した（一八三七－一九一一）。

指の片側に見られるわずかな皮膚の硬化、すなわちタコの存在。さらに親指の外部に見られる多少の肥大化。これを見れば、患者の仕事はその二つの職業のいずれかであるだろうと」。教授のこの見事な推理力。時に、これが「劇的」といっていいほどの力を発揮することになります。たとえば別の患者では、こんなことがありました。まず患者に向かって「ああ、君は兵役に就いていましたね。予備役としてだが、その任地はバミューダ諸島でしたね」と断定する。で、学生に対して「どこからこうした判断が出てくるのか、諸君、わかりますか？　私はこんなふうに判断してみたんだ。診察に入ってくるのに彼は被っている帽子を取らなかった。その様子はまさに、控え室に入る将校の当番兵そのもの。この患者は職業軍人に違いない。見かけの年齢と、そのほんのわずかに威厳のある雰囲気。これを合わせて考えると、こりゃ予備役だ。そして、額に見られるわずかな発疹痕から、任地はバミューダだとわかったんだ。あの発疹はバミューダ諸島に特有の病気によるものだからね」。

そうだ、この先生をモデルにしよう！　こうして、シャーロック・ホームズが誕生したわけです。

言うまでもなく、真に専門分野を極めるためには、これをひたすら深く掘り下げていかねばなりません。憑かれたようにこれを続ける。継続は力なり。長く続く下積みの時代。「天才」

と呼ばれるまでには、この期間を耐えて乗り越えていかねばならない。ではなぜ彼らは、この辛い下積みの時代を耐え忍ぶことができるのか。それは、彼らが「自分が死ぬほど好きなことをやっている」からです。その一点に尽きます。天才の行動パターンは、通常人の感覚では、まず考えられないものなのです。

今日の社会では、幅広い方面に目配りの効く、バランスの取れた円満なゼネラリスト的な人物が尊敬を勝ち得ます。残業ゼロで家族との時間もたっぷり確保、ワーク＝ライフのバランスをうまく保ちながら、驚くべき業績を上げるヒーロー。ビジネス誌を開けば、毎号一人は、そんな男の紹介記事を見かけます。「ああ、そうかよ」と言いたくなるくらいです。「憑かれたように仕事一筋」なんてタイプは、今や決して好ましい存在ではないのです。リスク分散についての格言「持てる卵をすべてまとめて、一つの籠に入れるな！」という大原則。これに反して、自分の全エネルギーを一点に集中し、他の何もかも忘れて、ただ一つの専門分野に特化する。そんなのは、異様かつ不健全、というのが現代ビジネスの主流です。しかし、万が一にも、あなたが「天職」と思う世界でトップの座に登り詰めたいと思うのであれば、バランスの取れた生活など、きっぱり捨て去る覚悟を決めねばなりません。たとえば、毎晩だらだら四時間もテレビを見て過ごすなんて暮らしはもってのほか。「スタバでちょっとおしゃべり楽しまない？」なんて誘いはお断りする。「午後の海辺で楽しいひとときを」なんて考えは頭の外に追い出す。そんな時間があったら、自身のビジネス・スキルを研ぎ澄ますことに努めるべきです。持てる情熱を「天職への精進」一点に集中する。これあるのみ。

「この仕事こそ天職」そう思える人生の目標が未だに見つからない。そんな方へのアドヴァイスです。「天才の半端ではない細部へのこだわり精神」を思い出してください。これがホームズ的なる異様な執着心の核心です。これがあるからこそ、暖かい寝床でのまどろみを捨てて、毎日ベッドから飛び出して行くことがイヤでなくなる。その力を、ご自身の「天職探し」に応用するのです。「これ！」と思う職がアート系かビジネス系か、それは問いません。わずかでも、それがあなたの天職になりうる可能性を秘めていると感じたら、とにかくそれに自分自身をぶつけてみる。ホームズが実験室で行った、自らの身を顧みないような研究への取り組み方。あのやり方で、その分野の仕事に自ら飛び込んでみるのです。

覚えていますか、あのホームズでさえ、時には証拠品の持つ意味を読み違えたり、犯罪の因果を誤った論理で理解してしまうこともあるのです。しかし、そのようなとき彼は、すぐにその誤りを認めます。その上で、それから先も、それまでと全く同じ情熱と集中心で、わずかでも真実を明かす可能性のありそうな手がかりを探し出し、これを一つ一つ検証するという作業を続けていくのです。なぜそれができるのか。ホームズはイヤというほど知っているのです。こうした地道な作業を続けていけば、いつか必ず事件の真実に到達し得ると。リスクを恐れず、必要な時間を費やすことを厭わずに、ひたすら作業を続けていくことで、時に落胆する事態に遭遇しながらも、最後には正しい真実の解明に至るということを。

「半端ではなく細部にこだわる天才」に近づきたい！　もしあなたが心底そう思うのであれば、自身の職業を根本から見直す必要があります。さして興味を持てないような仕事を惰性で続けているようでは、この目標達成はとうてい無理な相談です。一九世紀のロンドンだろうと、はたまた、現代のアメリカ（や日本）だろうと、こればかりは変わらぬ真実です。喜劇役者ボブ・ニューハート[15]の逸話が良い参考になります。この伝説的な喜劇役者は、コメディーの世界に足を踏み入れる以前、いくつかの職を転々としています。ロヨラ大学で学士号を得た後、暫時兵役に就き、その後、シカゴの会計事務所で下っ端の経理士として働き始めます。しかし、本来大雑把な性格で、「一ドルや二ドル帳簿が合わなくたって、だからって気にしない」というタイプでした。後に彼自身が次のように告白しています。帳簿付けは大の苦手で、上司がやかましく「正確第一！」と言い続ける意味が、まるで理解できなかったと。

言うまでもなく、ニューハート氏の会計の仕事は長続きしませんでした。以後会計士として彼を雇う会社が一社もなかったことは、後の氏の成功を思えば、ある意味幸いだったと言っていいでしょう。この話、ユーモラスな逸話ですよね。しかし、我々にとってこの逸話は、きわめて重要な教訓となり得ます。ニューハート氏は、自身が「正確さを追求するタイプの男」でなかったがゆえに、会計士としては成功しなかった。会計士であるにもかかわらず、帳簿上一セントの単位まで、徹底して数字と細目を確認するという努力をまったく行わな

15 ニューハートは会計事務所を辞めた後、広告会社のコピーライターとなり、ここでラジオ番組出演のきっかけができて、漫談芸人としてスタートして成功。後に喜劇役者に転じ、自分の名を冠したTVショーを持つまでに至り、二〇一三年にはプライムタイム・エミー賞を受賞している（一九二九年－　）。

かった。しかし、なぜ？　理由は簡単。「心ここにあらず」だったからです。

「役所の仕事としてなら十分な水準」という言い古された言葉、ご存知でしょう。なかなか皮肉な面白い言葉ですよね、あなたがお役人でない限りは。仕事の質を追求することなく「そこそこの水準の仕事でお茶を濁す」、そういう精神態度を指す言葉です。「もう少し頑張れば、より高い水準で仕上げられたかもしれない。それはわかっているさ。でも、一〇〇％正確じゃなければクビ！なんてことはないわけだし、それなら、何もそこまで細かいことにこだわる必要ないんじゃないの？」こういう態度の人、どこの会社にもいますよね。この人たちは、ニューハート氏と同じで「心ここにあらず」なのです。単に働いているフリをしているだけ、という人たちです。

この手の人たちは、「小事は大事に直結する」という大原則が、まるで理解できていない。ふだんずぼらな人間が、その時に応じて、突如心を入れ替えて入念細心な性格に変身する。そんな芸当、できるはずありません。当然のことながら、そういう態度からは、いい結果など望めません。たとえば、一〇キロの体重減量を決断して、ダイエットを始めたとします。その実現のためには、昼夜を通して日々、ひたすらこれを意識し続ける必要があります。毎日グラム単位で体重の変化を追う注意深さ、それに全身全霊をこめるほどの真剣さがなければ、一〇キロ減量というゴールは永遠に達成できません。

「役所の仕事としたら十分な水準」などというセリフをシャーロック・ホームズが口にする

なんて、考えられませんよね。探偵の仕事にせよ、ヴァイオリンの演奏にせよ、ホームズは何事につけても、卓越した水準を追い求めるのが当然という人物です。ホームズのように超人的な業績を達成し続ける人間は、「一見問題にならないような細部に注意を払うこと」の大切さを十分すぎるほど理解しています。とりわけ、「一見問題とならないような細部」という部分、ここが成功への鍵となる重要ポイントです。仕事の水準が高まれば高まるほど、こうした細部の重要性もまた高まります。なぜ？　小さな課題も、大きな課題も、その取り組み方の基本は同じだからです。小さな課題を、一つ一つ着実にマスターしていくことは、より高度な問題を解く練習を重ねていることに等しいのです。小さな課題を一つ一つ確実に押さえていく。大目標の達成には、その道あるのみです。

第4章 大きな勘違い

判断材料が揃う前に、因果関係を結論付けようなんていうのは、大きな間違いさ。馬鹿なヤツは、様々な事実から論理を導き出すのではなく、事実をねじ曲げてでも「論理」に合わせる、なんてことをし始めるからね。

――『ボヘミアの醜聞』

間違った論理にがんじがらめに囚われていると、恐ろしいことになる。真犯人を見過ごすことになるばかりか、最悪の場合、無実の人間を犯人だと確信するに至る場合さえある。ホームズは探偵として、その危険を常に警戒していました。ビジネス上でも私生活の上でも、十分なデータなしに物事の決断を下してしまうと、種々深刻な問題を引き起こす可能性が高くなります。成功など望めません。それどころか、最後には大失敗に終わる場合が多いのです。

一九五〇年代、ＩＢＭはハードディスクを搭載した初のコンピューター「305 RAMAC」を送り出しました。この機種は巨大な冷蔵室サイズで、真空パイプがその部屋中を走りまわり、ハードディスクだけでも重量一トンを越えるという化け物です。にもかかわらず、可能取り扱いデータ容量はわずかに五メガバイト！　性能は、現代の基準からすれば笑ってしまうような限られたものです。それでも「305 RAMAC」は、現代のコンピューター時代の幕開けとなる機種でした。

ジョージ・フッシェルは当時ＩＢＭの技術者として、このRAMACマシンの使い方をプログラマー向けに教える立場でした。フッシェルは早い段階から、この機械に内在する「ある危険性」に気付いていました。一九世紀の発明家で、世界で初めてプログラムで稼働するコンピューターの概念を発明したチャールズ・バベッジと同様に、フッシェルはその危険性に気がついていたのです。では、その危険性とはいったい何か。この巨大な金属の重量感溢れる塊を見て、誰もがその性能に信頼感を抱く、そのことです。「どのようなデータをインプットしても、必ずそこから正しい情報が吐き出される夢のマシンの誕生だ」、簡単にそう信じてしまうという危険性です。後に彼はこう回想しています。「よく顧客から尋ねられたものですよ。この機械は、たとえ間違った数値を入力しても、正しい計算結果を吐き出してくれるのですかと」。

自分が教えるプログラマーたちには、絶対にそんな間違った発想をさせたくない。そう考えたフッシェルは、ある言葉を思いつきます。「ゴミを入れれば、ゴミが出る」（"garbage in, garbage out"）、略して「ジーゴ」(GIGO)。今では伝説となった標語です。質の良くない不完全なデータをコンピューターに入力すれば、そのマシンが吐き出す計算結果もまた同じく、恐ろしくまとまりのないバラバラなものとならざるを得ない。駄目情報をマシンに入力しながら、質の高いアウトプットを期待するなど、しょせん無理ということです。

この「ジーゴ」、コンピューターの世界のみならず、我々の実社会でも言えることです。正確で質の良いデータを十分に入手することなしに、ビジネスや私生活上の様々な決断を下すことになれば、深刻な問題を引き起こす事態を招くこと必定です。コナン・ドイルが探偵物語を書いていた時代には、まだフッシェルの伝説の標語は誕生していません。しかし、ドイルはその時点ですでに、「データの質」の重要性を知り抜いていたため、ホームズ・シリーズの全編にわたって、そのことを強調しています。「全証拠なくして、因果関係なし」（すべての証拠が揃わない限り、因果関係を論理化してはならない）、伝説の標語のバリエーションとも言えるこのセリフ。名探偵がこれを語る場面が、少なくとも三回は見られます。

作品『まだらの紐』では、ホームズとワトソンは、奇怪な事件に向き合うことになります。「ああ神様！　ヘレン！　あの紐！　まだら模様の紐！」臨終に際しこの不可解な言葉を残して、ヘレン・ストーナーの姉は不自然な死を遂げます。誰ひとりその死因を特定できず、また、その言葉「まだらの紐」がいったい何を意味するものであるのか、理解できないままでした。ただヘレンひとりが、近隣のロマが頭にかぶるスカーフに、よく、まだら模様が見られるところから、姉の言葉がロマを指すのではないか、と疑っていました。果たして姉の死に、ロマたちが何らかの形で関係していたのか。ホームズは、迷走の果てについに、その真の意味を突き止めます。「まだらの紐」とは、インドでも最も毒性の強い蛇の一種、沼クサリ蛇の腹部に見られる、まだら模様を指していたのです。これこそヘレンの姉が死の直前に目にしたものだったのです。

やがて次のような事実が判明します。姉妹の義理の父が、既に亡くなっている姉妹の母親の遺産を我がものとするため、姉妹の殺害を企図。男はインドで暮らした経験があったので、時間経過の後に毒素検出が困難になる沼クサリヘビの毒を利用してヘレンの姉を殺害した。次に妹のヘレンの殺害を企んでいたところに、ホームズが登場した。

物語の結末でホームズは語ります。「ねえワトソン君、今回はすんでのところで、完全に誤った結論に到達しかねないところだったね。それだけに、いい教訓になった。不十分なデータを材料として物事の道筋を立てることは、いつだって、ほんとうにきわめて危ないってことだね」「まず、ロマの存在。そして、紐もしくは帯という言葉だよね。かわいそうにお姉さんはマッチを擦って、そのわずかな灯で、大慌てで一瞬見た光景を必死に説明しようとした。それがこの言葉だったことは間違いない。だが、このたった二つのデータ、それにひきずられて僕は間違ってしまった」。

事件の解決を希求するあまりホームズは、不十分な証拠に頼ってしまった。短時間での事件解決を目指したからです。まさに「ジーゴ」(ゴミを入れればゴミが出る)そのもの。人間、いったん何か理論や信念に引き込まれて、これを正しいものと信じこむに至ると、その観念の世界から我が身を引き離すのはきわめて困難です。その観念と合致しない新たな情報を目の前に差し出されても、それでも、いや、むしろその場合にはなお一層のこと、引き離しが困難になる。人間の心理を見抜く力に優れていたコナン・ドイルは、このことを熟知していました。この『まだらの紐』のような経験を通して、ホームズは学びます。すべての証拠が揃うまでは、その犯罪行為について、可能な因果関係や動機の結論付けを行ってはならない。ましてて、これを口に出して言うことは差し控えねばならないと。一方こうしたホームズの気質が、ワトソンを常に苛立たせ、ついつい「優柔不断だ」とホームズを論難する原因になるのです。しかし、ホームズには痛いほどわかっているのです、事件に関するすべての事実に関して確信が持てるに至らない限りは、口を開くべきではないと。

第5章 情熱に火を付けろ！

僕らの部屋はいつだって、試薬だの犯罪現場の遺留品だのが散らかっている。そんな品々が思いもかけない場所、たとえばバター皿の上や、それよりももっと好ましくない場所から転がり出てきたりするのさ。

――『マスグレーヴ家の儀式』

シャーロック・ホームズは、自身が変人であることを、決して世間に対して恥じません。挙げればきりがないほどの変人ぶりを正当化することも、絶対にしません。また、生真面目な気風が横溢するヴィクトリア時代のロンドンでは、かなり異様な職業といっていい「私立探偵」という仕事に就いた決断の背景をあれこれ説明する、なんてこともしません。

死後損傷が加えられた場合、その傷がいかなる様相を呈するかを知るために、ホームズが屍体を杖で打ち続けていた、というくだりはすでにご紹介しました。作品『マスグレーヴ家の儀式』では、ホームズはベイカー街二二一Bにある自宅で、壁に向けて拳銃の実弾を発射して暇をつぶすことを好んでいたという話や、また、贅沢なペルシア製のスリッパの爪先に煙草の葉を入れていた、なんて話が出てきます。『ブラック・ピーター』では、槍を小脇にかかえて肉屋の買い物から戻ってきて、こんなことを平然と言ったりします。「ある男がどんなふうに殺害されたのか検証したかったので、肉屋に置かれた丸の豚をこの槍でつきまわしてみたのさ」。こうした変人ぶりを、彼が他人の目から隠そうとしたことがあったでしょうか？　答えは否です。実際、ホームズ・シリーズの冒険物語には、名探偵が依頼主をはじめ他人の目など一切気にすることなく、自身の気持ちの赴くままに楽しげに、あれやこれやの変わった行動を取る例が山ほど出てきます。自分の取る行動の理由をいちいち他人に説明していたのでは、時間なんていくらあっても足りない。ホームズは、四の五の言わずに自己の仕事に邁進するのみです。このために生まれたと自分が思う、その天職を遂行し続けることに圧倒的な自信を抱きながら。ホームズの行く手を遮るものなど、何もないのです。

これに関連して、多数の短編を書き残し、数々の文学賞受賞の栄誉に輝く、伝説的なSF作家レイ・ブラッドベリ[16]の印象的な逸話があります。『火星年代記』や『華氏四五一度』で知られるこの作家は、少年時代（一九三〇年代）ホームズと同様の体験をしています。当時の新聞連載に『バック・ロジャース』という、主人公が二五世紀の地球で活躍する漫画があり、ブラッドベリは毎朝、話の展開にワクワクしながらその切り抜きを続け、これを集めて宝物にしていました。「恒星間飛行」などという言葉が出てくる漫画です。作家は小さな子供の頃から、SFの世界にあこがれを抱いていたのです。しかし、そんな漫画の話を夢中で

16　アメリカを代表するSF作家（一九二〇―二〇一二）。詩情あふれる幻想的な作風で知られる。シカゴ近郊生まれで、ロサンゼルス育ち。貧困家庭ながら映画大好き少年で、後にジョン・ヒュー

語り続ける少年を、周りの子供達はバカにしてからかい始めます。いつか友と呼べる存在が消え、ひとりぼっち。自分だけが周りの子供と違う浮き上がった存在に。何もかも『バック・ロジャース』が悪いんだ！　みんなと同じにならなきゃいけない。思いあまったブラッドベリ少年は決断します。ある日、大切にしていた切り抜きをすべて破り捨てるのです。その途端、心の奥底から激情がほとばしり出て、涙を抑え切れなくなったといいます。

あるインタビューで、ブラッドベリはこう回想しています。「後になってわかってきたことなんだけど、あのとき僕が葬り去ったのは『バック・ロジャース』じゃなかったんだ。愚かにも、自分で自分の未来を破り捨てちゃったのさ。もし、何か熱中できるものがあるならば、何も考えずにおやりなさい。「いい加減にした方がいいよ」と言われるかもしれない。でも、そんなことを言う奴は友だちじゃない」。

やがてブラッドベリ少年は、『バック・ロジャース』の漫画の切り抜きを再開します。心の底から自分の好きなことに、頭から飛び込んでいったのです。これが作家レイ・ブラッドベリの、後の成功の基礎となっていきます。誰もが知る、あの大作家の。

シャーロック・ホームズは、一体どのような家庭に育ったのか。その成長過程についてコナン・ドイルは、物語の中ではほとんど何も語っていません。世の大勢からバカにされ、あざ笑われても、まったくお構いなしで、びくともしない。自分の選んだ道を一途に邁進する男は、いかにして誕生したのか。この点については、読者の想像に任されています。

ストン監督グレゴリー・ペック主演の映画『モビー・ディック』（一九五六）の脚本を担当している。(ちなみに、訳者は中二の時にこの作家の作品集に出会ってその虜となり、いつの日か、ブラッドベリのような作品を書いてみたいと夢見ていた。)

ひたすら自身の情熱の向かうところ、ただその一点に焦点を合わせ、他人の意見などまったく気にしない。いかなる場合であっても、事物の本質こそ勝利の女神なり。シャーロック・ホームズは、行動をもってこのことを証明しています。

ホームズは真の名探偵です。しかし、その名声は、一朝一夕に築き上げられたわけではありません。憑かれたようにひたすら細部にこだわり、手にしうる限りの知識を自己のものとなるまで吸収し続ける。こうした長時間のハードワークの上に達成されたものです。その結果ついには、ロンドン警視庁からの助力要請が舞い込むまでに至ります。誰もが解決しがたい難事件を解決する男、シャーロック・ホームズ。彼のもとには、王族の一員さえ、おしのびで助力の要請にやって来ます。ワトソンは次のようなホームズの言葉を記録しています。

「海軍に関する条約締結交渉、覚えてるだろ。さっきの依頼人はたしかその交渉過程で、欧州に残る三王家の代理として、重要事項の決定過程に参加していたはずさ」。

それほどの地位に至ってもなおホームズは、外観は立派ながらも、いささかボロっちいベイカー街のタウンハウス[17]を、仕事と暮らしの根城とすることを変えません。秘書なんて置かない。いい家具に大金を掛けることもなければ、最新流行の服を追うこともしない。決して見栄を張らない。依頼人を感心させる目的で、自身の富や成功を誇るようなことは、絶対しません。そんなことをしなくても、「数分で結構ですから話を聞いてください。ホームズさんの助けが必要なんです」と、ホームズ探偵事務所の扉をたたく依頼人の列が途切れること

17 主に都市部に見られる長屋状に連なる間口の狭い二〜三階建ての住宅。

はないのです。

ではなぜホームズは、一切、見栄を張らないのか。真に重要なのは「仕事の中身」なのであって、「見かけ」ではない。この大原則をホームズが知り抜いているからです。

たとえば、「独立して新事務所立ち上げ」なんて時には要注意。会社が軌道に乗るまではとにかく外観だけでも立派に見せようと、見栄を張りがちです。分不相応に高い家賃の部屋を借り、最新のハイテク機器を揃え、服にまでこだわったりする。ついつい、こうした誘惑に溺れがちです。しかし、真の成功にキンキラの飾りは不要であることは、コナン・ドイルが証明してくれています。ドイルの生み出した名探偵がこだわるのは、その仕事に必要な基本的なものだけ。虫眼鏡、顕微鏡、各種の試薬、それに、いくつかの医療用具。わずかにこれだけの道具を駆使して、ホームズは奇跡的な成果を上げていく。まさに天才です。それも、徹底して現場たたき上げの天才なのです。その「名探偵」たる名声は、現場で流した汗の結晶なのです。

寝室が二つに、居間、そして朝の光が差し込む雰囲気のいい窓。ホームズが暮らす空間はこれがすべて。これ以上、何も要らない。その才能が十分であるならば、その情熱が十分であるならば、そして、その知識が十分であるならば。もしそうであったとするならば、あなたにも、きっとホームズの満足感がわかるはずです。

第6章 ちっちゃな空っぽの屋根裏部屋

いやね、人間の脳みそなんてものはさ、もともと、ちっちゃな空っぽの屋根裏部屋みたいなもんだと思うんだ。自分がね、置きたいものを勝手に投げ込む、そんな場所。

——『緋色の研究』

シャーロック・ホームズの物語を読んでいると、時に、主人公が非常に深みのある言葉を発することがあります。一瞬そのセリフに頭が集中してしまって、話の筋を忘れてしまう。で、読んでいた場所に戻るのに本の頁を再確認、なんてことになる。コナン・ドイルはこのように、物語の流れの中に、よく自分自身の哲学や、体験した不思議な出来事を挿入します。これがまた実に巧い。そう思わされた最初の機会は、ホームズ・シリーズ第一作『緋色の研究』の一節です。すでに読者はお気づきでしょう、私がこの作品を頻繁に引用することを。この作品は、数ある作品の中でもダントツに、引用に適した言葉の連なりが登場する作品なのです。ここでホームズは次のような説明を始めます。

いやね、人間の脳みそなんてものはさ、もともと、ちっちゃな空っぽの屋根裏部屋みたいなもんだと思うんだ。自分がね、置きたいものを勝手に投げ込む、そんな場所。馬鹿なヤツだと、出会ったものを片っ端から、ここに投げ込でしまう。そうなると、本来役に立つような知識がいつしか押し出されてしまう一方で、詰め込みすぎで、必要なものが取り出せない。これが腕の立つ職人の場合だと、何を頭に叩き込むべきか、予め慎重に選択するわけさ。入れるべきものは、真に自分の仕事に必要な道具だけ。ただし、いったんこれを入れると決めれば、これはもうかなりの量と種類を、完璧に整理された形で積み上げていく。だからといって、そのちっちゃな部屋の壁が伸縮自在で、いくらでも収納可能だなんて思ったら大間違い。まあ、人にもよるだろうけれど、新しい知識を入れれば、その分、既にある知識は忘れるという、いつかは誰しもそういう段階に至るものさ。要するに、つまらない知識を詰め込みすぎれば、本当に自分にとって大切な知識を入れる余地はなくなるんだ。ここで一番重要なことは何か。それは、いつも自分で意識して、そうならないように気配りを怠らないこと。

こうしてホームズはワトソンに、短い言葉で端的に、関心を集中することの重要性を説いているわけです。その要点はシンプルです。自分の仕事でトップを極めたいと思うなら、日々の時間をどう過ごすべきか選択的に熟慮する必要がある、ということです。これは、実は、既に前の章で触れた「ジーゴの原則」（ゴミを入れれば、ゴミが出る）を、一段ブラッシュアップしたものと言えるでしょう。この論理を一歩先に進めて、ホームズは「人間の頭の情報処理容量には、一定の許容リミットがある」と言っているのです。このように、脳の処理容量が限られているとするならば、私たちは次のような事柄に関して、細心の注意を払って選択的になる必要がある。読むべき本、共に時間を過ごす相手、視聴すべきラジオ&テレビの番組、読むべきインターネットのサイト等々。実際にどの程度まで人間が脳細胞を活用できるのか、その確たる答えを求めての議論は、脳外科医や神経科学の専門家に任せることとしましょう。ただ、自分が日々何に一番頭を使っているのか、そのことを改めて考えてみることは決して無駄ではありません。ジャンクフードのような情報ばかりを詰め込んでいはしないか。それとも、意識して、地元の有機農家が売る新鮮な野菜のような情報をインプットしているか。思い出してください「ジーゴの原則」を。

「心を護る」という思想は古代から存在しています。仏教とキリスト教、そのいずれにおいても、その中心的な哲学となっていると言っていいでしょう。いみじくもブッダは次のように語っています、「よく護られた心は幸せをもたらす」。その思想はまた、シャーロック・ホームズが書かれた一九世紀後半から二〇世紀にかけての成功哲学の基礎ともなっています。実業家ハーバート・エドワード・ローは、そのエッセイ集『精神的欲求の力』（一九一六年）の中で、次のように語っています。「あなた自身の心をビジネスパートナーとせよ。仕事を愛し、常にその気持を忘れず、仕事への愛をもって理想とすること。そして、アーティストのひと筆ひと筆が絵に美の要素を重ねていくように、仕事への愛を日々高め、そのより高みでの完成をみるように注意深く人生を形作っていくべし。成功への道に反するような有害なものに侵されないよう、自身の心を護るべし」。

一方、ナポレオン・ヒルや、ジェームズ・アレンといった成功哲学の有名作家と並んでウォーレス・ワトルズは一九一〇年、『富を「引き寄せる」科学的法則』と題された一冊で、当時の自己啓発書出版界のスーパースターの一人としての地位を獲得します。ワトルズはその本の中で、読者に対して自身の心に思い浮かべる様々なイメージを意識的にコントロールするように勧め、次のように語っています。「心の中が世界の惨めさで満ちているようでは、あなた自身に豊かさへの道は開けません。貧民街の劣悪な住環境や児童強制労働など、この世界の貧しさや惨めさばかりを強調するような本や雑誌や新聞記事ばかり選んで読むのは、好ましくありません。読むだけで、見るだけで、憂鬱になって気持ちが落ち込むようなものを見聞きすることは、避けなければなりません」。

ワトルズのこのアドヴァイスには、ホームズの仕事に対する姿勢に通ずる考え方が見られます。しかし、「心を護る」といっても、心にとっていったい何が取り入れるべき「善」で、何が遮断すべき「害悪」であるのか。その基準をまずもって定める必要があります。要するに「心の扉の門番」が必要です。あなたの頭に入り込もうとする様々な情報を、その良否によってふるい分け、駄目なものは絶対中に入れない。それだけの腕力と権限のある門番でなければなりません。その良否の分類基準は、結局のところ、あなた自身のゴールすなわち最終目標が何であるのか、ということに直結します。自分の人生で達成したいと考えるゴールは何か。そのことさえ明確であるならば、自身が定めた目標が強力な磁力を発して、その達成に役立つ様々な情報を次々と吸い寄せ始めること必定です。

自分の心のあり方を注意深く凝視するという考え方は、やがて心理学の分野でも注目され始めます。一九二一年、ミシガン大学准教授で心理学者のヘンリー・フォスター・アダムス[18]は、記憶力に関する論文を発表しました。その中で、ホームズの物語に出てくる「ちっちゃな空っぽの屋根裏部屋」の一節を引用しながら、次のように述べています。「我々が自身の脳の情報処理容量をすべて使い切る、というような事態は起こり得ない。しかしながら、このホームズの理論は、我々が記憶すべき対象として、一定の基準に照らして重要な事柄のみに絞り込むべきことを強調する。その基準は、その人の仕事の専門性、社会性、政治性、さらには宗教性といった観点から自ずと決まってくるが、日常我々にはこうした基準を見直してみる機会がいくらでもあることは留意しておきたい」。

一方、これは近年言われるようになってきたことですが、何事によらず成功を収めるためには、メンタル面でのコントロール力に優れていることが必須の条件である、という事実です。心理学者の研究によれば、プロ・スポーツ界のエリート・アスリートたちが好成績を達

18 長くミシガン大教授を務め、広告と心理学の関係分析が主たる専門。多くの実例を集めてこれを数量的に分析する実証的な研究方法で知られた（一八八二－一九七三）。

成できる一因に、「過去の失敗や自身の欠点をくよくよ悩んだりしないこと」があるといいます。確かに彼らは、「自己嫌悪に陥るような分析に無駄なエネルギーを費やすくらいなら、フィールドに出て実戦で勝負したほうがマシ」というタイプです。ロンドンの探偵に似ています！

第7章 何事も詳しい話が大好き

僕は何事につけても、詳しい話が大好きさ。世間では「どうでもいい」と思われるような内容でもね。
――『ぶな屋敷』

作家に転身する以前の数年間、コナン・ドイルは医師として医療現場で働いています。短期間バーミンガム（英国）のスラム（貧民街）で医師を務めていた経験もあります。それだけに、患者を正確に診断することの重要性を熟知していました。診断に際しては、患者について、できるかぎり多くの事実を知る必要があります。そのため、患者にあれこれ細かく質問をぶつけねばなりません。その質問の中には、患者からすれば、あまり他人に明かしたくない、患者自身の体の細部に関する不愉快な質問も含まれます。ドイルは、そうした中でもとりわけ、「一見ささいな事柄」に強い関心を抱くようになります。小さなあざ、軽い咳の症状など、特に質問されない限り患者から進んで話すことはないであろう、そういう事柄です。こうした、一見退屈な、さして意味があるとは思えないような細かい事柄。こうした事柄が実は、病気の原因に直結している場合が珍しくなく、その正しい診断には必須の情報であることを、ドイルは熟知していたのです。

シャーロック・ホームズは、「一見ささいな事柄」に強くこだわります。それは作者ドイルの、こうした医師としての体験から来ています。良い出来事、悪い出来事、醜い出来事等々、ことの良否にかかわらず、また、依頼人がそれを重要と思うか否かにかかわらず、ホームズは依頼人に関するすべての情報を求めます。シリーズ中でも最も解決困難な事件に立ち向かう『ぶな屋敷』。ここでもホームズは、あらゆる情報を追い求めて奔走することになります。

依頼人はヴァイオレット・ハンターという名の若い女性。「紫ぶな屋敷」という誠に不思議な名前の田舎の邸宅に、家庭教師として雇われています。雇用にあたって彼女が提示された給与は驚くべき高額でした。しかし、屋敷の主人から依頼された仕事の内容がまた、不思議なものでした。「髪は短く切り、青いドレスを着て、夜は居間の大きな窓に背を向ける形で椅子に座って過ごすこと」というのです。さらに困ったことがあります。彼女が世話をする屋敷のお嬢様、これはもう天使のような可愛いお顔でありながら、小動物をいじめる性癖がある。その上なぜかお嬢様は、この奇怪な大屋敷の半分近い部分への立ち入りを禁じられているというのです。ホームズの事務所に訪ねて来たハンター女史は、ためらいがちにこんな話をしながらも、時折「こんなことは些細なことですから申し上げる必要ないですね」と言って、話を途中でやめてしまうのでした。そのたびにホームズはこう応えます。「それがどれほど些細なことに思われる内容だろうと何であろうと、とにかく全部お話しください。喜んでお話をお聞きしますから」。

このホームズのひと言は見事です。真の問題解決力を持つプロだけが言い得るセリフです。正確な事態把握のためには、相手の不信感を払拭し、予断を排してもらった上で、出来る限り網を広げて相手の話を聞く。コナン・ドイルと、その分身としてのホームズは、その重要性を熟知していました。何から何まで質問してみる。質問する時点では、一見些細で取るに足らないように見えるあれやこれや。後にそれがきわめて重要なことだと判明するかもしれないのです。その時点で何が重要かなんて、誰にも予想できないのですから。

警察官など刑事警察関係の現場に立つ係官であれば、その仕事の初期段階でこのテクニックを学びます。その第一段階は「事実、すべての事実を集めよ！」です。単に興味深い事実や、ひと目を引きそうな事柄だけではなく、とにかく、すべての事実を集める。「重要な事実だけをお話しください」などと言う警察官はいないはずです。もし、そんなことを言われれば、目撃者は瞬時にこの言葉に反応します。頭のなかであれこれ考え、自分なりの判断で重要か否かを勝手に判断して、真に重要な出来事を話さないままに終わってしまう可能性があるのです。

後に判明することなのですが、家庭教師は恐怖心に駆られたがために、逆に、出来事の細部をよく覚えていました。実際、ミス・ハンターの話に基づいてホームズは真実を解き明かすことに成功します。ミス・ハンターが屋敷に雇われた最大の理由は、彼女の身体的な特徴が、お屋敷のお嬢様によく似ていたからなのです。お嬢様は、亡き母親から莫大な遺産を相続したばかりでした。呆れたことに父親は娘に、娘の遺産として残された金を自分に渡すように要求していたのです。要求を拒否された父親は、屋敷の半分への出入りを禁じるという行為に出ます。その上で、ミス・ハンターを雇い入れた。毎晩窓辺に座らせたのは、娘のフィアンセに、街路からその姿を見せて、婚約者の姿だと思い込ませるためだったのです。ホームズがミス・ハンターに対して、とにかく率直にすべてを語るよう促した結果、彼女はその言葉に従います。事件解決に役立ちそうな事柄について、何もかもすべて包み隠すことなく話すことになったのです。もしホームズのひと言がなければ、話すことはなかったであろう些細な出来事に至るまで。たとえば、青いドレスを着るように言われたこと、髪を短く切るように命じられたこと、窓際に座るよう命じられたこと。もしも彼女が、これらのことを「どうでもいい、取るに足らないことだ」と判断して、ホームズに話すことがなかったとしたならば、この事件は解決に至らなかったのではないでしょうか。その一つ一つを取り上げてみれば、こうした些細な事柄そのものには、さして意味があるとは思えません。しかし、モザイクの一片一片をすべて総合してみるとどうなるか。新たに、一つの大きな絵図が浮かび上がってくるのです。

もし、大きな課題の解決を迫られた時には、その問題の「内容判断」に取り掛かる前に、これを「量的に処理する」ことから始めると道が開けます。まず、問題に関連するあらゆる情報をかき集めてみる。それがいかに些細なものであっても例外としない。また、触れたくないような事実であっても、これを避けずにきちんと向き合う。ひとまず深呼吸して心を落ち着け、その触れたくない情報を取り入れる。こうして可能な限りすべての情報を収集し終えたら、その時点で初めて「内容判断作業」に取り掛かります。各情報の内容を検討して、要不要を選り分ける。この選別作業は必須です。それだけに、時間をかけて注意深く行う必要があります。これについてホームズは『ライゲートの大地主』で、こう語っています。

探偵業務において、数ある事実の中から、どの事実が枢要で何が付随的なものであるか、これを選別認識出来る能力こそが、最高に重要なんだ。この能力がないと、間違いなく、精神の集中ができずに散漫なままで終わってしまうことになる。

いかなる課題にせよ我々が日々出会う様々な問題は、これを犯罪の犯行現場と同様のものとして見ることができます。そこには、様々な事実と解決されるべき背景が混在しています。事件に対処するため、ホームズが注ぎ込む膨大な精神的なエネルギー。一つ一つの問題に、ホームズ的対処法を見習って実行してみれば、必ずやあなた自身も、その結果に驚くことになるはずです。

第8章 自らの現状を把握しよう

僕らが既に認識しているごくわずかな事柄、これについてはしっかりと把握し直す。そうすれば、新たな事態が生じても、しかるべき形でこれに対処できるはずだからね。

——『悪魔の足』

辛い状況下でも優雅に振る舞うべきこと、「絶望的な状況下にあっても、心の落ち着きを保つこと」その重要性をコナン・ドイルは知り抜いていました。一八八〇年、弱冠二一歳で彼は、北極捕鯨船の船医として六か月間の勤務に就きます[19]。ある日アザラシ狩りのために、大きな流氷の上に乗っていた時のことです。誤って氷の海へと滑り落ちてしまいます。目撃者は誰ひとりいません。自分で何とかする他ない状況です。流氷の端はつるつると滑るため、これに摑まることができません。徐々に体が海中に沈み始めます。そして、もはやこれまでと思ったその瞬間、その手は氷上にいた巨大なアザラシのヒレを掴んでいました。それは彼が滑落する直前仕留めた大きな一匹で、どうにか流氷の上に引きずり上げた、そのアザラシのヒレだったのです。自分の重みでアザラシを氷の上から海中に引きずり下ろすことになら

19 当時の欧米諸国の捕鯨の最大の目的は、鯨油を灯油やロウソクの素材とすることにあった。一八八〇年初頭、いまだ医学生のドイルは、学費を稼ぐため同級生に代わり、スコットランド北端を基地とする捕鯨船「希望号」に外科医として乗り組む。過酷な仕事ゆえに給与は良く、一九歳〜七〇歳という多様な年代の海の男達とすごした数か月間は、ドイルにとって「これ以上幸せなことはない」と母親に手紙で知らせるほど充実した有意義な人生体験となる。なお、海への滑落は五回も経験したとのこと。

ないように、慎重に体重移動を行いながらドイルは、後に「悪夢の綱引き」と回想することになる状況を乗り切っていきました。その冷静で素早い判断によって命が救われました。「偉大なる北の海のダイバー」、捕鯨船の船長は、以後コナン・ドイルをそう呼ぶようになります。

コナン・ドイルはホームズを描くにあたり、自身の医師としての種々の特徴を、その姿に投影しています。常に平常心を保ち、容易に激することのない性格。問題に遭遇した時に、より簡単に解決できそうな仕事に逃げ込むようなことはせず、積極的に問題に対処し、これに立ち向かう。種々複雑な要素が絡んだ「合併症的な事態」の解決は、まさに医師にうってつけと言えます。毎日のように人の生死に立ち会うことを仕事とする人間には、特有の心の態様があります。コナン・ドイルはこの点に関し、ホームズ・シリーズの正典を通して、彼なりのユニークな考え方を示しています。

ところで、「難題にぶちあたって、その解決をどう進めていいのかわからない」、もし読者の皆さんがそんな事態に至った時には、『悪魔の足』でホームズが語る忠告に耳を傾けてみてはいかがでしょうか。この事件は、名探偵がぶつかった数ある難事件の中でも、最も解決に手こずったものの一つです。

ワトソンと共に休暇でコーンウォール地方[20]に滞在していたホームズは、ある事件の解決に手を貸してほしいと依頼されます。その事件というのがまた、なんとも、ジリジリした思いをさせられるような怪事件だったのです。ある女性がキッチンテーブルを囲む椅子に座った

20 英国南西端に位置し、気候温暖でリアス式海岸と荒涼とした荒れ地が広がる内陸部からなる。ケ

まま死んでいるのが発見されます。同じくテーブルを囲む席で発見されたのは、恐怖に顔をひきつらせながら、気が狂ったようにわけのわからない話をしゃべり続ける二人の男の姿です。二人は死んだ女性の兄弟でした。それまで二人に精神的な病の前歴などは一切無く、むしろその町では尊敬される立場にあった人々です。そのため地元住民はこぞって、一家は超自然的な化け物か何かに襲われたに違いないと確信していました。

ホームズは調査を開始しますが、一体一家に何が起こったのか、解決の糸口となるようなものは、何ひとつ見つけることが出来ません。そこで気分転換に、「古代の鏃《やじり》を探しに海岸の崖でも歩きに行こうよ」とワトソンを誘いながら、こんな話をするのでした。

「ねえ、ワトソン君、ここはひとつ冷静に落ち着いて、我々が置かれた状況を見直してみようじゃないか。僕らが既に認識しているごくわずかな事柄、これについてはしっかりと把握し直す。そうすれば、新たな事態が生じても、しかるべき形でこれに対処できるはずだからね」。

そう言ってホームズは、その事件で自分なりに理解ができている事実を一つ一つ挙げていきます。いくつかの仮説を掲げてはこれを捨て去り、ついには、すべてをいったん中断するところまでいきます。「もう少し正確なデータが手に入るまで、僕らはこの事件に触れない

ルト色の濃い地域で巨石遺物も多く、古くから錫に代表される鉱物資源、近世以降は陶土の産出で知られる。ホームズの時代のロンドンから見れば「地の果て」というイメージ。

方がいいと思うんだ。それまでの間は、毎朝ここで新石器人を追いかけてみることにしようよ」。言葉を替えれば「古代の鏃でも探して楽しもうよ」、そうホームズは言っているのです。これに驚いたワトソンは、こう記しています。「我が友のこの冷静さ、状況から一歩引いて物事を見直すことのできる能力。これについては既にお話ししたことがあるかもしれないが、このコーンウォールで迎えた春のあの朝ほど、彼のこうした能力の凄さに驚かされたことはなかった。というのもホームズはこの朝、二時間に渡って、ケルト人について滔々と議論を展開したのだから」。

わずかでも確信が持てなければ、そんな仮説は捨て去る。すでにわかっている確実なデータを見直し、これを組み直し、新たな視点を探す。ホームズの物語では、このパターンが幾度となく繰り返し登場します。『白銀号事件』でホームズはこう語ります。「少なくとも、この事件に関して必須の諸事実については、しっかりと把握ができています。そうした事実をここで皆さんに列挙してご説明してみましょう。他の人に事件の状況を説明する。私自身が事件を明確に把握するという点で、これくらい役に立つことも、他にないんですよ。それに、皆さんのご協力をいただくためにも、一体どこからスタートすべきか、現状を知っていただく必要がありますしね」。また『ウィスタリア荘』では、事務所に訪ねてきたばかりの動揺する依頼人を、こんなふうに諭《さと》す場面がある。「一体全体どうしたというんですか。髪もとかさず、頭はボサボサ。ブーツもコートもボタンの掛け違えで妙な具合になっている。あなた、大慌てで家を飛び出してきたんですね、僕の助けを求めて。とにかく落ち着いて頭を整理して、それから、一体何が起きたのかを、僕に話してください」。

『四つの書名』ではまた、このようにも言っています。

「個人感情によって、物事の判断を誤るようなことがあってはならないのさ。これは一番重要なことだよ。たとえば依頼人というのは僕にとっては、事件の全体像の中での単なる一つのコマに過ぎない。依頼人の個人感情というのは、明確な理性判断をする際には障碍になるからね。その意味では、保険金目当てに自分の幼子三人に毒を盛って絞首刑になった母親は凄いと思うよ。個人感情を押し殺して行動している。これに対して、僕の知る中でも一番嫌だと思うのは、ロンドンの貧民のためにと二五万ポンド近い金を寄付した慈善事業家さ。とても理性的とは思えないもの」。

ホームズが探偵としてかくも成功を収めることが出来た背景には、もう一つ別の理由を挙げることができます。それは、自身がどん詰まり状況に陥った時には、周囲の目を恐れることなく、率直にこれを認めるという姿勢です。難事件にぶつかった時に、あたかも解決可能であるような素振りをすることなどしません。また、自分は天才探偵なんだから、常にそのイメージを壊さぬように行動しなければならない、なんて考えることもしないのです。

ホームズはまた、頭をリフレッシュすることの大切さを熟知していました。これに関して『赤毛組合』には、特に困難な事態に遭遇した場面での有名なセリフがあります。「これはまったくパイプ三服問題だ。頼むから、これから五〇分間は、僕に話しかけないでおいてくれ」。言葉を替えれば、「これから一時間、パイプを吹かしながらひたすら沈思黙考したいから、一人にしておいてほしいんだ」という意味です。「一人にしておいてくれ」と頼むのは珍しいことではありません。孤独癖があって、何時間もじっと宙を見つめて放心したり、ひたすらヴァイオリンを弾きまくったりする。そうすることで、精神エネルギーを再チャージし、無意識の内に事件の様々な細部に自身の関心が向かうように働きかけているのです。「ホームズは頭をリラックスさせることにきわめて熱心です。彼の高度な探偵術に、このリラクゼーションの技術が加わることで、ホームズはかくも探偵として大きな成功を収めることができたのです」。コナン・ドイルはわざわざそう説明を入れています。『赤毛組合』でのワトソンの次の言葉がそれに当たります。

彼の個性の中に見られる二面性は、これが交互に表に現れてくる。一方では、極端なまでに正確でシャープに状況を見極める能力。その一方で、その心の底に横たわる、詩的で物事を深く熟考するという気質。私はしばしば、前者は後者への反発から生まれているのではないかと、そう感じることがあった。この両極端の間で大きく揺れ動くため、その精神状態も、極度の鬱状態から、強烈なエネルギーを発散する躁状態へと大きく変化するのだった。ある時期には、来る日も来る日もひたすら肘掛け椅子に座り込んで、即興でヴァイオリンを演奏し、また、本を読むことに専念する。そばで見ていても、この状態の彼は凄いなと思う。そうしているうちに、ある日突然、あの獲物追跡への強烈な欲求が目覚めて、素晴らしい論理思考力が本能的な水準にまで高まっていく。そうなると今度は、彼の仕事のやり方をよく知らない人々は、常人とはまるで異なる知識の持ち主であるホームズを、むしろ疑いの目をもって見るに至ってしまうのだ。ある日の午後のことだ。セント・ジェームズ・ホールで開かれた音楽会で、音楽家の演奏に陶然と酔いしれているホームズを見たことがある。その時私の頭をよぎったのは、やがてまた、あのゾクゾクするような時が訪れて、彼の獲物追跡本能をめざめさせることになるのだろう、ということだった。

今日、心理学者や業績管理コンサルタントは、「締め切り直前のタイトなスケジュールの下にあっても、休憩を取ることの重要性」を強調するようになってきています。人々の直感に反するようにも感じられますが、いったん仕事を離れ、ほんの数分間リフレッシュすることで、精神的なストレスが軽減され、疲労困憊状態に至ることを防いでくれるのです。コンピューターを再起動させるのに似ていますね。

ですから、ぜひ以下のことを忘れないでいただきたい。気持ちが散漫になり始めたと感じたら、それでもなお頭に負荷をかけて無理にでも仕事を継続しようなんて思わないことです。そうなったら、ホームズのあの「パイプ三服」の時間を作ることです。ただし、タバコ無しで。たとえば、三〇分間電話はシャットアウトして、散歩に出るというのもいいでしょう。

ああ、忘れるところでした、本章の冒頭でお話した、あのコーンウォールの奇怪な事件がどうなったのか。今回は、ミステリーの結末を明かす野暮はなしにましょう。どうか『悪魔の足』をお読みになってください。シリーズの中でも、最も娯楽性が高く、また、ホームズが手こずることになる事件の一つです。そこでホームズが、本章で述べた「パイプ三服」の原理を、どのように上手に応用して、これを事件解決に役立てたのか。ぜひご自身で探り当ててみてください。

第9章 「できない理由」を環境のせいにしない

およそ人が考え出したもので、他者がこれを解き得ないものなどはないはずさ。
――『踊る人形』

「俺には才能がない。きちんとしたバックグラウンドがない。十分な金がない。これで目標なんて達成できるわけがない。」もしそんな風に思い込んで、気分が沈み込むようなことがあるのなら、ぜひ、以下の文章を熟読してみてください。

一．アーサー・コナン・ドイルは、誰もが認める世界一偉大な推理小説作家です。しかし、学校で「文芸創作コースの講義」を受けたことなどありません。ドイルは医学部の出身であり、文章を書くことについては基本的に独学です。

二．生まれはミドルクラスの立派な家系です。しかしながら、お金には縁が薄く、長年に渡って、家族を養うことにさえ苦労するような貧しい暮らしを続けています。

三．コナン・ドイルは、探偵を職業とした経験はありません。それにもかかわらず、時代を越えて最も有名な探偵物語の主人公を誕生させています。ドイルは正規の犯罪捜査学を学んだ経験もありません。物語の中で探偵ホームズが駆使する捜査技術は、その多くをドイル自身が医師としての体験から学んだものを基礎としています。そうした捜査技術が、本物の探偵や捜査当局者に長年にわたって影響を与え続けました。

四．名探偵ホームズは、背は高いものの、鼻は鋭くとがり、痩せすぎといっていい体つきの男です。一方、コナン・ドイル本人については、「その目に山猫のような鋭さがあるわけでもなく、探偵らしさなどとは無縁だ。まして、怪事件の解決を求めて街行く現代の仕事人などという雰囲気はゼロだ」「ドイル氏は親切で愉快で家庭的な人である。肩幅広く、背が高く、握手をしてみれば、その手で優しく包み込まれる感じで、心底歓迎してくれていることが痛いほど伝わってくる。サッカー、テニス、クリケットなど、あらゆるアウトドア・スポーツに親しんでいるため、日焼けした肌は褐色だ」とあるジャーナリストが一八九二年に雑誌で紹介しています。[21] 要するにコナン・ドイル本人は、肉体的にはもちろん、また精神的な気質という面でも、シャーロック・ホームズと共通するものなどほとんどありません。だからといって、それ故に創作に苦労した、なんてことは一切ないのです。

五．自分には豊かな子供時代なんて縁がなかった。そんな自分に、社会的な成功なんて達成できるわけがない。そう信じこんでいませんか？　コナン・ドイルの父親はアルコー

21 雑誌 *The Strand Magazine* 第四巻掲載の Harry How 執筆の記事「コナン・ドイル家訪問記」→この雑誌については二三頁のコラム参照。

ル依存症で、療養施設で亡くなっています。女兄弟の内二人は幼年で亡くなっています。一人は満一歳を迎えることができませんでしたし、残る一人も二歳まで生きませんでした。しかも、一家は引越しを繰り返していました。

六、コナン・ドイルが作家として立って行こうと決断した時、何か特別なコネがあったわけではありません。他の作家志望者たちと同じように、ゼロからの、底辺からのスタートでした。ドイルは医師を勤めるかたわら、文章を書き始めます。診察の合間を縫うようにして、ほんの数行ずつ殴り書きで。その書き始めの頃、当時の主要な雑誌という雑誌に投稿していますが、どこも彼の原稿を受け入れてくれるところはなく、ただただ断りの手紙が山をなしていく、という状況でした。シャーロック・ホームズ・シリーズの処女作『緋色の研究』は、いくつかの雑誌で掲載を断られた挙句、最後に、『ビートン氏のクリスマス特別年鑑』[22]に収録されます。原稿料はタダみたいな金額でした。

このリストは、いささか統一感を欠くようにみえるかもしれません。しかし、そのすべては、ただ一点、重要な真実に我々を導いてくれます。コナン・ドイルのような境遇にあった男が、ミステリーを書く。それも、今日まで世界的にその名を轟かせるほどの人気作を書くことになるとは。おそらく名探偵ホームズでさえ、これを予測することはできなかったであろうと思われる、その意外性です。写真に残るコナン・ドイルの姿は、中年小太りで、一九

22 Samuel Orchart Beeton（一八三〇―一八七七）は、当時勃興しつつあった新興のミドルクラスの主婦向けに、現代の「婦人誌」の原型ともいえる雑誌 *The English woman's Domestic Magazine* を創刊し、夫人のイザベラ・ビートン（一八三六

世紀末ロンドンに珍しくない「ありきたりの紳士」という雰囲気なのですから。

　あなた自身の現状と、設定した目標の間には、大きな隔たりがあることでしょう。どうすれば目標を達成できるのか。とても、このことを秩序立てて説明できる段階ではないかもしれません。目標の高さがどのようなものであれ、「その高みにまで到達するなんて絶対できない」、そう感じているかもしれません。もし、見ず知らずの他人があなたの今の暮らしを知れば、きっと同じように感じて、こう言うにきまっています「何だって、夢は自分のグラフィックデザインの会社を立ち上げることだって？　夢見るのはいいけど、君はもう二五歳で、今はまだファストフード店でバイトという身なんだろ。そんな夢、実現するわけないじゃん」。もしくは「漫画家になりたいだって？　美術学校に通ったことさえないのに、頭おかしいんじゃないの?」

　おそらくコナン・ドイルに対しても、同じ言葉が投げかけられたはずです。ほんとうにそう言われたことがあるかどうか、それはわかりません。しかし、もし、ドイルがそんな他者の言葉を信じて作家への道を諦めていたとしたら、どうなっていたでしょうか。おそらく、そこそこ成功し、それなりに尊敬される、典型的なロンドンの医師が誕生していたことでしょう。ただし、その心の内は惨めさで溢れていたはずです。なぜならその「立派な医師」は、本来自らが抱いていた夢である「作家」という位置からは、はるかに遠く離れた存在でしかないからです。


―一八六五）は、その雑誌にファッションをはじめ衣食住全般について記事を書くことで、カリスマ主婦となった。後にその記事をまとめる形で『ミセス・ビートンの家政術』として出版。これが爆発的な売れ行きで、現在に至るも百年を超えて出版され続けている。ビートン氏の代表的な仕事の一つが、『ビートン氏のクリスマス特別年鑑』（一八六〇―一八九八）で、作家ドイルのデビューの舞台となった。

コラム 2.「物語る力」の原点は

ドイルが書いた文章には「読む者の心をグイグイと引き込む力」があります。この抜きん出た「物語る力」の生まれ出た源流を探っていくと、作家の子供時代の極めて不幸な境遇と、これを言葉の魔法で忘れさせてくれた、素晴らしい母親の存在に行き着きます。2人は一生涯親密さを保った親子でした。

その親密さの最大の背景は、「父の不在」と「一家の苦労を1人で必死に背負った母」を見てドイルが育った、ということに尽きます。ドイルの父であるチャールズは、結婚後まもなくして酒に溺れ、重度のアルコール依存症へと陥っていきます。最後は精神病院で狂気の判定を受け、度重なる発作の果てに1893年61歳で逝去しています。ドイルの子供時代はそのまま、父親の病気がひたすら精神的な崩壊へと向かい、それに伴って家庭が経済的に困窮していく過程でした。しかし、母メアリーの明るさと、母として主婦として必死に家庭生活を維持したその努力が一家を救います。

ドイルは母の愛情を一身に集めて育ちました。寒い冬の夜、暖炉の脇で、母は「自分の先祖」と信じる騎士たちの冒険物語を、熱い思いを込めて幼いドイルに語り続けました。こうして物語の面白さに目覚めたドイルは、W.スコットの名作『アイヴァンホー』を筆頭に、次々と騎士冒険物語を読み漁り始めるのです。

ドイルの素晴らしい文章力を培ったのが、この大量の読書だったとすれば、まずは読む力をつけることが文章家への近道かもしれません。

▲コナン・ドイル

第10章 小さく始めよ

「小さな物事こそ、この上もなく重要だ」。長い間私はこの言葉をモットーとしてきた。

――『花婿失踪事件』

糸の切れ端、服のボタン、紙片に残された血痕。既に見てきたとおり、ホームズがその驚くべき推理力を働かせるにあたり、最初のきっかけとするものは、こんな一見取るに足らないような小さなものばかりです。名探偵はこうした小さな証拠を一つ一つ、つなぎ合わせて、大きな構図を描き出していきます。『ウィスタリア荘』では、ワトソンにこう語ります。「大切なのは、証拠と証拠をいかにしてつなぎ合わせていくかってことさ」。犯行現場に到着するとホームズは、まず床にひざまずいて、現場の様子に注意を集中します。こうして、現場を右往左往するロンドン警視庁の警官たちが見落としている、「何か小さなもの」を見つけ出すのです。そんな「小さな証拠」を最初の手がかりとして、ホームズ独特の捜査活動が開始され、ついには事件解決・犯人逮捕へと至ります。初動段階から「大物を狙う」なんてことは絶対にしません。まずは、自身の手の及ぶ範囲で見つけた、「小さなもの」から始めることで満足する。地道さを尊ぶ、ということです。

新たな依頼人と初めて面会する際にも、基本姿勢はまったく同じです。シリーズの中に、そうしたシーンは幾度も登場します。ホームズは必ず依頼人を居間に導き入れ、その上で「何から何まで最大限詳しく事件の経過を話してください」と促します。こうした物語の展開は読者をいらつかせることになります。というも、この段階で作者のドイルが、あまりにもマイナーな情報をあれこれ詰め込んでくるため、物語の核心がどこにあるのか、読者は戸惑いがちになるからです。しかし、いつだってドイルは、読者より数歩先を行っているのです。

たとえば『花婿失踪事件』では、依頼人ミス・メアリー・サザーランドは、失踪した恋人の捜索をホームズに依頼します。ここでメアリーは、自分が知る限りの、入り組んだ話を長々と展開し始めます。この時の様子をワトソンはこんなふうに回想しています。

とりとめのない、首尾一貫しない彼女の話に、いつかホームズは我慢がならなくなるに違いない、と私は思っていた。ところが、意外なことに、ホームズは一心不乱に注意深く彼女の話を聞き続けるばかりか、話の途中で「それはまた非常に興味深い話ですね」などと大きな声で驚いてみせたりするのだ。その上で「あなたご自身の日常についても、もっと詳しくお話しください」と促すのだった。無論、最後には、こうした一見どうでもいいような細々した事柄が、恋人の居場所を見つけるための重要な手がかりとなるのだった。

ホームズが採る、この「小さな証拠つなぎあわせ法」には、様々な利点があります。まず、小さな仕事の一つ一つは、あまり精神的な重圧を感じることなしに容易に処理できるものです。名探偵が常に警察に一歩先んじることができるのもこのためです。「できるだけ早期に事件を解決し、新聞で褒め称えられ、できれば上司からも評価されたい」警官や当局者が抱きがちな、そうした野心とは無縁なのです。こうした野心が主要な背景に潜んでいると、早期解決への重圧から、不十分な分析を重ねた挙句、真の解決へと結びつく手がかりを見過ごしてしまう結果となりがちです。ホームズは現場に足を踏み入れた時、「被害者を殺ったのは誰か」などは考えません。「この現場の状況は、ここで起きた事件について、いったい何を我々に物語っているのか」という風に思考を巡らせるのです。その場からすぐに犯人探しに出る、なんてことはしません。その代わり、その犯行現場をモザイクの一片一片のごとくに分解していく。現場に残されたボロ切れ、椅子、犯行に使われた殺傷道具などなどのもろもろを、ひたすら選り分けていく。こうして、事件の鍵となるものを探り出していくのです。

この同じやり方を私たちは、自身の生涯目標達成の道筋に応用することができます。古い格言に「千里の道も一歩から」とあるのを御存じでしょう。今日のビジネス・コンサルタントやライフ・プランナーたちもまた、これを現代の言葉に置き換えながら、同じことを説いています。「大きなタスクは、これをいくつかの小さな塊に分解する。そうすれば、その一つ一つは管理が楽で、大きなタスクを抱える重圧に押しつぶされずに済むはず」。

実際、あらゆるマネジメント哲学は、この発想を原点としています。たとえば米国国防総省で一九五〇年代に開発された「仕事細分化構造」(WBS)[23]という手法があります。これは「大きな仕事を小さな塊に分解する」ことを公式化したもの。大きなプロジェクトを分解し、それぞれの仕事を個人もしくは部門単位で遂行可能な容量に落としこみ、これを組織図上に反映させる、というものです。政府機関が新型の航空機開発や、新たなソフトウェア構築などのきわめて複雑な仕事を達成するにあたっては、これが唯一の管理方法となっています。

ところで、ロンドン警視庁はしばしば、ホームズに捜査の支援を依頼します。その背景には、犯罪捜査にあたる現場の刑事や警官が、仕事の巨大さに圧倒されてしまいがちになるという事情もあるのです。「一体全体、どこのどいつが、こんな途方もない犯罪を犯したんだ。こんなすごい奴を、一体どうすれば逮捕できるっていうんだ。こんな途轍もない犯行の経過をどう調べていけばいいのやら…」。捜査現場レベルでは時に、そんな諦めに近い雰囲気が生まれがちです。犯罪を「森」に喩えるならば、現場の捜査担当者たちは「森の巨大さ」ばかりに目が行ってしまう。その森も実は、一本一本の木の集合であるという単純な事実を忘れがちになるのです。読者の皆さんは、どうか同じ間違いを犯さないように気をつけてください。大きな仕事は、まず小さな仕事を一つ一つ着実に処理することから取り掛かっていく。シャーロック・ホームズと同じやり方で行くのが一番です。

23 WBS=Work Breakdown Structure。プロジェクト・マネジメントの基本的な技法。その構造は、横軸に日にち単位の時間軸を取り、縦軸に個別の細分化された仕事内容とその担当者を記す、いわゆるPERT(Program Evaluation and Review Technique)図によって、わかりやすく視覚化される。

第11章

自身で仕事を創造せよ

そうだね、僕は個人で独自の仕事をしているんだ。「探偵コンサルタント」、これがどんな仕事かわかってもらえるかなあ。こんな仕事をしているのは、世界広しといえども僕一人だろうから。ここロンドンには、政府系機関の調査員だの、私立探偵だのが、それこそ山のようにいる。この連中がね、困ったことがあると、僕のところに相談にやって来る。そのお手伝いさ。彼らが集めてきた証拠を僕の目の前にずらりと並べる。僕は頭に叩きこんである犯罪の歴史的な知識の助けを借りながら、そこから犯罪の道筋を解いていくのさ。

――『緋色の研究』

ホームズは、ロンドン警視庁での勤務経験なしに探偵になったのだろうか？　読者の中には、そんな疑問を抱く方もいらっしゃることでしょう。ここで、はっきりさせておきましょう。彼の履歴をたどれば、数か月もあれば、ロンドン警視庁の全部門で、ひとわたりの経験を積むことが出来るくらいの力は、十二分にあったはず。しかし、ホームズは、九時～五時の仕事に縛られたくなかったのです。あの名探偵が上司から命令を受ける！　ありえませんよね。自分の家を根城として、自分のスケジュールで、自分自身で仕事の機会を創造していく。ホームズは間違いなく名探偵です。しかし彼はそれ以上に、偉大なる起業家であったと言えます。

ホームズは、彼以前にはこの世に存在しなかった、まったく新しい独自のキャリアを、ゼロから自分一人で築き上げました。まさに「起業家」です。作者コナン・ドイルの人生もまたそうだったのです。作家になる前には、「一般医」から転身して、「眼科専門医」という当時初の存在となっています。しかもドイルは、「単なる作家」ではありませんでした。同じ主人公が、毎回読み切りの異なった話で活躍する、そんなシリーズ物。これは、ドイル以前には、まず考えられなかった形式ですが、その形式を手がけた一番初期の作家の一人なのです。これによりドイルは、そこそこ快適な暮らしを実現することに成功します。

ドイル以前、大半の作家は、次に挙げる二つの形式で作品を書いていました。一つは、「導入部－中間部－結末」という形式の固まった読み切り小説。いま一つは、雑誌の連載小説。雑誌連載は、毎号終末部分に「ハラハラ・ドキドキ」が埋め込まれていて、これで読者を次号へとつなぎとめるパターン。これが毎号続く長い読み物です。

しかし、コナン・ドイルには、独自のアイデアがありました。シリーズを通して、何度も登場する主人公を誕生させてみたい。ただし、話は毎回読み切りの推理小説で。要するに、すでにある形式、読み切り形式と連載、両者のいいとこ取りのアイデアでした。ヴィクトリア時代、ドイル以前のロンドンではまだ、こうした新種の探偵物が登場する余地がなかったのです。そこを狙ったわけです。

ところで今の時代、ケーブルテレビのチャンネルでは、「面白人間」を紹介する番組が見られます。この世の中には、非常に不思議な仕事で、結構な額のお金を、時には大へんな額のお金を稼ぐ人たちがいます。そんな人達を紹介する番組です。そこで紹介される仕事は、間違っても『職業選択ガイド』に紹介される可能性などないような、変わった仕事ばかりです。たとえばヒストリー・チャンネルの『アメリカン・ピッカーズ』(「アメリカ・ゴミ拾い人」)。コレクターにとっては「お宝」となりそうな、しかし、多くの人にとっては単なる「ゴミ」に等しい、そういう品々を求めて、全米の田舎を二人の男が巡って回る、という番組です。錆びついた空き缶、古い車のパーツ、そして、壊れたバイクなど。こうした品々に手を入れ補修をして、コレクター相手に売る。これが、しばしば大きな利益を生み出すことになるのです。また、ディスカバリー・チャンネルの『ダーティー・ジョブズ』(「汚れ仕事」)。ここでは、ウジが湧きそうに汚い、悪臭紛々の「起業家」たちにスポットライトが当てられ、紹介されます。彼らの仕事はといえば、これはもう、列挙するだけでも恐ろしい感じです。路上で交通事故死した人々の死体を片付ける仕事、虫を大量に育てる仕事、歩行者が吐き捨てて路上にこびり付いたガムの掃除、ヘドロの再処理、そしてミミズクの吐瀉物!を集める仕事。はい、ミミズクの口から吐き出される吐瀉物、です。番組の生みの親でホストのマイク・ロウ[24]は、これで一財産を築き、今では大金持ちになっています。

ただ、こうした番組を見て「これぞ天のお告げ！」なんて勘違いしてはいけません。安定した「九時〜五時の仕事」を辞め、金のためにこうしたヘンテコな仕事に進む？　世の大半は「九時〜五時のサラリーマン」です。が、誰もが皆給料のためだけに、いやいやサラリーマンをやっている、というわけではありません。勤め人の人生には、勤め人独自の仕事の喜びもあれば、人生目標を追う喜びもあります。しかも、ひとくちに「昔からある会社員人生」といっても千差万別。「九時〜五時の八時間」をどう働くか、人により様々に異なる働き方があります。個人の才能如何で、あなた自身思ってもみなかった方向に道が開ける可能性はいくらでもあります。どんな人でもシャーロック・ホームズのように、その個性に応じた面白い生き方を選択できる可能性があるのです。そこで「鍵」となるのは、あなた自身がこのことを理解しているかどうか、その一点にかかっています。

24　一九六二年生まれ。高校時代より歌と演劇に優れ、短大卒業後ボルティモア・オペラに入団し本格的に舞台への道を歩み始める。その後ディスカバリーのTV番組でブレーク。番組を通じて知ったアメリカの底辺を支える労働者たちのための各種社会運動に積極的に参加している。

第12章 予断を捨てて対処せよ

僕らはいつだって、一点の曇りもない真っ白な気持ちで事件と向き合う、そうだよね。事件を型にはめて見るなんてことは、決してしなかった。これでどれほど助かってきたことか。ひたすら観察し、その観察結果から推論を導き出す、それに尽きる。

――『ボール箱』

アメリカンフットボールの試合。次にどう動くか、その動きが予測できるようなチームが優勝するなんてまずありえません。相手チームに作戦が読まれてしまうからです。始まって五分もすれば観客に結末が読まれてしまう、そんなパターン化した映画をつくる監督がアカデミー賞を受賞するなんてことも、まずありえません。ビジネス、スポーツ、そして、アート。どんな世界にあっても、成功の秘訣は、予測できない展開に満ちたオリジナリティ、すなわちユニークさにあり！　毎日のように聞かされるセリフです。確かにそうではありますが、話はそう単純ではありません。なぜかというと、そのオリジナリティを生み出すに至るまでには、そして、そんなユニークな存在となって自身の目標地点に達するためには、「予測可能で秩序だった戦略」が必要だからです。ここが鍵です。

シャーロック・ホームズ成功の秘訣。その一つは、事件に対処するにあたって、常に同じやり方で対処する、ということにあります。いかなる事件であっても、決して予断を持ってあたらない。虚心坦懐。常に真っ白な気持ちで、オープンな態度でことに臨む。真犯人は誰か、容易に予想できそうな事件でも、決して予断を持たない。物事なにごとも不確実で「まさか」の展開に満ちているもの。こうした展開をこそホームズは好みます。事件が急展開し、自分にとって未知の領域に引きずり込まれる。名探偵にとって、これ以上幸せなことはないのです。

こうしたホームズの「虚心坦懐アプローチ法」はどこから生まれてきたのか。その源は、コナン・ドイルが学んだ、エディンバラ大学医学部[25]での厳格な医学教育にあります。そこでは、徹底して科学的な研究方法が貫かれていたのです。

二〇世紀初頭に活躍したある科学者が、こう語っています。「科学的な研究において研究者（学生）は、常に心を開いたオープンな姿勢でいることが求められます。目の前に存在する事実は、事実として受け入れる、という姿勢です。目前に現存する事実を「理論的にはありえない。何かの間違いだ」として、その存在を否定するなどもってのほか、ということです。また、研究を中途半端で止めないこと。何かを発見したら、それが何であれ、その発見の導くところをさらに先へと進んでいく、という姿勢も大切です」。

25 スコットランド啓発運動の盛り上がりの中で一七二六年に創立された、英国でも一、二を争う名門医学部で、これまでに教授陣から六人のノーベル賞受賞者を輩出している。

コナン・ドイルが生み出したホームズもまた、厳格な科学的な捜査方法を貫き通します。この点に関しては、どの物語でも同じです。そのため、ホームズ・シリーズの物語展開には、ある一定の型があると言えます。それによって物語の面白さが減少するということは決してありませんが、ドイルは物語の中で何度も繰り返し、いくつかの定型的な手法を用いています。どうぞご自身で物語をチェックして、そのパターンを見つけ出してみてください。ここでは私の発見をいくつか挙げてみましょう。

一．依頼人はホームズの事務所に迎え入れられ、できる限り明確に、依頼内容の詳細を話すよう求められる。
二．ホームズは、ひたすら話に耳を傾け、時おり話の内容を明確にするために依頼人に対して質問する。この段階で、依頼人の様子についてホームズがコメントしたり、何らかの判断を下すということはまずない。
三．依頼人の話が終わると、そこで提示された事実に基づいてホームズは、事件を引き受けるか否かの判断を行う。読者にとって幸運なことに、たいていは引き受けることになる。

要するに、事件がホームズの前に持ち込まれる、その持ち込まれ方は、医師コナン・ドイルの診察室に、患者が初めてやってくるときとよく似ているのです。名探偵ホームズを訪ねてやってくるからには、よほどのことがあったはずですが、それでもホームズは「患者」（依頼人）に対して予断を下しません。もし、この段階で判断を下したとして、それが何かの役に立つでしょうか。患者（依頼人）の心を重苦しくし、協力が得にくくなるだけのことです。この段階で重要なのは、ひたすら「患者」の症状（事実）に着目して、その症状に有効な治療方法を見出すことです。

小型機のパイロットは、飛行機を離陸させる前に必ず、機の周囲を歩いてひと回りして、目視で機体のチェックを行う。これが決まりです。機体がわずかでも地上を離れる時には、目視により、すべてが正常に稼働しているかどうかを再確認する。この飛行前チェックが省略されることはありません。ルーティン化された行為です。ところで名探偵ホームズは、殺人犯を追って生々しい展開が見られる最中であっても、予め練られた行動計画と異なる動きに出ることはまずしません。あくまでも、事前計画の範囲内での行動に徹します。ルーティンに従うのです。世界で初めて「捜査コンサルタント探偵業」という事業を創業した型破りの起業家ホームズ。彼は探偵業成功のためには、十二分に練り上げられた、しっかりとした行動計画が必要であり、計画通りに行動することの重要性を理解していたのです。まず秩序立てて、一つ一つ証拠をつなぎ合わせていく手法で、犯行をめぐる諸事実を確定する。その確定された土台の上で、因果関係をめぐる柔軟でラディカルな推論を自由自在に試みる。こうして事件解決へと至るわけです。ルーティン化された定型的な作業を経た後は、自在な発想を活かしていく。正反対の要素を組み合わせているのです。

様々な問題に対処するにあたって、事前に準備をすることは、問題解決のプロセスにおける最重要事項と言っていいでしょう。ホームズに見られる、常に目の前の事態から一歩引いて、客観的に物事に接する姿勢。この姿勢を自己のものとして咀嚼するまでは、準備なしに問題解決の渦の中に飛び込むようなことは、すべきではありません。まずは事前の準備に基づいて、虚心坦懐に問題に対処していく。これをルーティンとすれば、問題をめぐる様々な事実を客観的に把握することが可能となり、自身の感情的な判断から事態の本質を見誤る、なんてことにはならないはずです。

第13章 物事を複雑にし過ぎるな

僕自身のように、ある種特別な知識と能力が備わっている人間は往々にして、本来簡単に説明できるような事柄でも、入り組んだ複雑な説明を好んでするものさ。

――『僧坊荘園』

シャーロック・ホームズは天才です。しかし、人としては、決して完璧ではありません。コナン・ドイルは、きわめて人間的な欠点をいくつか抱えた人物としてホームズを描いています。「ひょっとしたら本当にこんな探偵がいるのかもしれない」、読者にそう思わせるよう人物造形に工夫を凝らしているのです。

ホームズはチャレンジ精神にあふれる男です。「解決容易な事件で楽に金を稼ぐ」なんてことには一切、興味がありません。解決容易な事件など「死にたいほど退屈」なのです。『僧坊荘園』の中でワトソンが語っています。「簡単な事件をホームズに任せるなんて。それは、高度な専門訓練を受けた医師を、子供のはしかみたいな単純な病気の診療にあたらせるようなものだね」。また『プライオリ学校』では、「ホームズは、複雑で異様な事件を非常に好む」

と特記しています。

難事件を熱烈に待ち望む。このホームズの性格は、時に問題を引き起こします。『僧坊荘園』でホームズは、ロンドン警視庁の警部に、こう語っています。「僕自身のように、ある種特別な知識と能力が備わっている人間は往々にして、本来簡単に説明できるような事柄でも、入り組んだ複雑な説明を好んでするものさ」。

こうした難事件を好むチャレンジ精神のあまり、簡単に解決可能な事件でも、無意識のうちに簡単な解決を避けてしまう。より複雑で難度の高い形での解決を目指したりする傾向があるのです。その一方でホームズは、独特の賢さを備えています。進行中の捜査から一歩身を引いて、自身の行動を客観的に見つめ直すことができるのです。知らず知らずのうちに、独善的な世界に落ち込んで行かないように、気をつけているわけです。

「複雑を好む」、この問題点を抱える人は、ご自分ではそうと認めたくないでしょうが、読者の中にもいらっしゃるはず。特に、高度の専門職で経験豊富な方に目立ちます。問題に対処するにあたり、シンプルな解決法で済むところを、わざわざ凝って複雑なやり方にしたりする。しかし、なぜ、そうなってしまうのか。ある場合には自身のエゴからです。「俺は切れ者。だから、これまで誰も思いつかなかったユニークな天才的な方法が頭に浮かぶのさ」なんて鼻高々に思ったり。残念ながら、多くの場合「ユニークで天才的な方法」は、「不必要に複雑で、ほとんど誰にも理解できない方法」ということになりがちです。また時には、ただただ他人に印象付けたいがため、ということもあります。たとえば、上司から、ある仕事の完成を命じられた場合です。自分自身が社内でも同僚に抜きん出た有為な存在であるとアピールしたい。その絶好の機会だからと、そこまでの必要はないのに、チャートやグラフてんこ盛りで、三〇分に及ぶパワポのプレゼンを、意気込んで作ってしまったりする。また時には、ちょっとしたアドヴァイスを求めた相手に対して、知識をひけらかして、延々一五分に渡って詳細説明に及ぶ、なんてことになる。

　エンジニアリングやソフト開発に携わる最高水準の頭脳労働者たちの間にも、同様の傾向が見られることが問題となっていました。クラレンス・ケリー・ジョンソン[26]は、ロッキード社でスカンク・ワークス・プロジェクトの責任者として活躍した、伝説的な航空エンジニアです。同プロジェクトでは、米軍向けに高度なハイテク技術を盛り込んだ、きわめて機密度の高い航空機を多数開発してきました。その責任者としてジョンソンは、"KISS"と呼ばれる大原則を打ち出します。"KISS"すなわち"Keep It Simple, Stupid"「呆れるほど、ひたすらシンプルに」の頭文字です。その意味するところはこうです。航空機の設計は、できる限りシンプルで、効率的で、実用的であるべきだ。故障の際にはすぐに故障箇所を発見できて、修理も容易な設計でなければならない。この"KISS"という四文字略語に象徴される大原則が、世界でも最先端の航空武器システムを生み出した背景に秘められていたわけです。

　しかしながら、「複雑なるものよりも、簡素なるものを尊ぶ」という考え方は、決して新

26　当時の最先端技術を駆使したスパイ機U－2や一九六〇年代末から自衛隊の主力要撃機となったF104など、退任までに計四〇機種の開発を主導し、数々の賞を受賞した航空技術者（一九一〇－九〇）。

しいものではなく、昔から存在しています。『四つの署名』の中で、最も引用される頻度の高いホームズのセリフにも、その精神を見ることができます。「これまで君にどれほど言い続けてきたことか！『これは絶対ありえない』と思われる要素、これをすべて排除する。そのあとに残った可能性、それこそが真実なんだよ。一見したところ、それがどれほど『ありえそうもない可能性』であったとしてもね」。誠にシンプルそのものです。たとえば、あなた自身の成功戦略を立案するにあたって、困難にぶつかる。また、どう頑張ってみても目標とするゴールに近づけない。そんな時には、その立案の仕方、また目標達成のやり方を根本から見直してみるべきです。ひょっとして、戦略が複雑過ぎてはいませんか？　短期間の予定の中に、やるべき仕事を詰め込み過ぎてはいませんか？　目標達成への道筋を考えるに当たって、あまりにも細かく分析し過ぎてはいませんか？「ひたすらシンプルに」、お忘れなく。

経験豊富な営業マンは、シンプルに徹しています。扱う商品が、複雑な技術を駆使した高価格な製品であるシステムソフトやロボットアームであったとしても、営業の基本は変わりません。そのエッセンスは、「エレベーター・ピッチ」と呼ばれる、短く単純明快な言葉による商品説明です。「相手方と同乗したエレベーターの扉が開くまでの短い時間内に、商品説明のエッセンスを伝える」ということから生まれた言葉ですが、これすなわち、営業活動における“KISS”です。ホームズなら絶対、この二つの原則に賛成してくれるはずです。

第14章 謙遜なんてするな

ねえワトソン君、謙遜することが奥ゆかしいことだなんて、僕には思えないんだ。僕のように何事につけ論理的な人間からすれば、事物はそのあるがままの姿を正確に摑みたいからね。自分自身の能力を過小評価するのは、これを誇大に自慢するのと同じくらい、実態から遠ざかってしまうことさ。

――『ギリシア語通訳』

「シャーロック・ホームズは謙遜し過ぎだよ。まるで自信なさそうに見えちゃうよね、あれじゃ」などという人は絶対にいないはずです。無礼、自信過剰、そして傲岸不遜。ホームズの態度物腰は、そう取られることが珍しくありません。しかし、実際には名探偵は単に正直なだけなのです。「自分は最高の探偵である」、そのことを熟知している以上、これをことさら隠す必要はない、そんなことをするのは非論理的だ、そう思っているだけなのです。

謙遜のし過ぎは、ホームズの仕事にとって、計り知れないほどのマイナスをもたらす恐れがあります。思い出してください、ホームズは昔タイプの探偵ではなく、「捜査コンサルタント探偵」だということを。プロの探偵やロンドン警視庁の警部たちが、困ったときに相談にやって来る相手です。もしホームズが、彼らに対して「あれくらいのこと、とても報酬をいただくほどのことではありません」というような態度で接したとして、何か利点があるでしょうか。抜きん出た才能を持つ男が、慈善事業で探偵業をやっているわけではないのです。仕事に見合う支払いは受ける。自身の才能と仕事の質そして報酬について、正確に世間に知ってもらう必要がある。身を縮めて謙遜し、世間に誤った印象を与えるような態度は、むしろ仕事の成功への障碍となりかねません。である以上、ホームズは不要な謙遜などしないのです。

行き過ぎた謙遜は無意味です。むしろ、行き過ぎた傲慢な態度と同じくらい、ダメージをもたらしかねません。「いやなに、あんなの全然大した仕事じゃないですよ」などと、自身の達成した仕事の成果について、周囲の人に謙遜し続けていると、いつか周囲もそう思い込み始めます。かと言って、羽を一杯に広げて自分を大きく美しく見せようとする孔雀のような態度で、「自分をビッグに見せる」というのも愚の骨頂です。いつしか友を失い、周囲からの孤立を招くことになります。ならば、いったいどうすればいいのか。「傲慢さ」と「自信を持つこと」とは、どこがどう違うのでしょうか。

ベストセラーとなった対話集『ダライ・ラマ こころの育て方』[27]の中で、ダライ・ラマ[28]はまさにこの質問に正面から答えています。それによれば、この両者は人間のエゴとして別種

27 米国の精神分析医ハワード・カトラー博士は、一九八二年インドでチベット医学の研究に励む過程で、ダライ・ラマ法王一四世との出会いが

のものであり、一方は自分自身の個人的な欲望に、もう一方は他者への奉仕に、それぞれ焦点が当てられている、というのです。「他者に奉仕したいという思いを実現するためには、強い自己意識を必要とします。すなわち、内面に自信がなければならない。こうした自信があってこそ、前向きな結果がもたらされるというものです」と語られています。

ダライ・ラマの「前向きな自信」についての説明は、ホームズの個性の中にも共通する要素を見ることができます。名探偵は時として、そのマナーに粗野なところがあるのは事実です。しかし、ほとんどの場合ホームズは、依頼人と上手に付き合うことができています。意思疎通がうまくいかないためにキャリアに傷が付く、などということにはなりません。ホームズは依頼人の前に進み出て「私は最高の探偵ですから」などとは決して言いません。その代わり、その場で自己の探偵としての力量を披露してみせます。依頼人を一瞥しただけで、出会ってからものの一分も経たぬ間に、依頼人に見られるわずかなヒントを手掛かりとして、その人生の足跡を語ってみせる。今では伝説となった、探偵の驚くべき能力を披露するわけです。ホームズは常に、その自信に満ちた言葉が信頼できるものであることを、その行動によって裏打ちし続けます。その一方で、自信に満ちた話が終われば、黙って仕事に着手するのみ。物事の潮時を心得ているのです。

ホームズはまた、自分のエゴを満足させるというただそれだけのために、その恐ろしいほどの能力をひけらかす、などということはまずしません。自身の知的能力の優越を武器に、

あった。その博士が法王一四世に様々な質問を投げ掛けながら対話を深める形で、現代人のより良き生き方を探るという内容。原著は一九九八年、邦訳は二〇〇〇年に求龍堂より出版。

28 ダライ・ラマ法王一四世テンジン・ギャツォ。一九三五年チベット北東部のタクツェル村に生まれ、二歳の時にダライ・ラマ法王一三世トゥプテン・ギャツォの転生者であると認定され、一四世法王となる。ダライ・ラマとはモンゴルの称号で「大海」を意味し、歴代の転生者は、慈悲の観音菩薩チェンレンシの化身とされ、チベット民族の国家的、精神的指導者である。

他人に恥をかかせる、なんてことはしないのです。新たな依頼人に対して自己の能力を披瀝するのは、「ちゃんと仕事をこなすだけの力は十分ありますよ」と、依頼人を安心させるためなのです。

また同様にホームズは、自分がよく知らないことについては、知ったかぶりをしません。名探偵は、極端といっていいほどの自信家です。その自信は、本物の、確固たる実用性のある知識を背景としています。だからこそ、知ったかぶりなどする必要がない。知らないことは「知らない」と素直に言えるわけです。

言葉を替えれば、ホームズはいつだって事件に対処する準備ができているのです。そう断言するに十分なほど、質的にも量的にも、やるべき宿題はこなしてきた男なのです。覚えていますよね、あの「一四〇種類の煙草の灰の分析」の話。

第15章 どんなものでも役に立つ

「データ！データ！データ！」、ホームズは苛立って怒鳴り散らした。「土がなければ、レンガは作れないぞ！」

――『ぶな屋敷』

都会の小鳥はたくましい。米国中南部アーカンソーの田舎育ちの私は、一九九〇年代半ばにワシントンDCに引っ越してきて、初めてそのことを知りました。母は小鳥の巣を拾い集めるのが好きでしたから、私は子供の頃から、田舎の小鳥が作る巣の種類について、それなりに知識がありました。それはすべて自然で、規則正しく、見ているだけでも楽しいものでした。しかし、ワシントンで暮らし始めて数か月が過ぎた頃、都会の小鳥の巣づくりは、何もかもが田舎のそれとはまるで違っていることに気づきました。田舎の小鳥は、藁や、草や、木の葉など天然の素材だけを使います。ワシントンDCの小鳥には、そんな贅沢は許されません。なにしろ棲息環境がまるで違う。アスファルト、交通渋滞、大気汚染、巨大なコンクリートのビル。小鳥たちはその環境に、柔軟に適応していかざるをえない。で、ゴミを素材に巣作りをするのです。それも大量のゴミを素材として。

では、都会の小鳥の巣作りで一番好まれる素材は何か、御存じですか。それは、ダンボール箱です。宅配で届く段ボール箱、バラしてゴミに出しますよね。その細長い切れ端を、小鳥たちが使うのです。巣全体をしっかりさせるに足る強度があって、保護緩衝材としては最高です。その切れ端の一つ一つは、一般的な巣の全体をぐるりと巻くに十分な長さがある。これが、現代のオフィスビル建築で使われる鉄の梁と同じような役割を果たすわけです。ワシントンをはじめとする大都会の道路脇には、いくらでも、こうしたダンボールの切れ端が落ちています。ほとんどの人々にとってダンボール箱は、中身を取り出してしまえばあとは用済み。バラして捨てておしまい、です。しかし、小鳥たちにとっては、こうしたダンボールの切れ端に出くわすことは、真新しい二千円札（二〇ドル札）を見つけたのも同然の出来事。人間にとっての「ゴミ」は、小鳥たちにとっては「お宝」なのです。それどころか、小鳥たちの生活の重要な部分がそれによって支えられています。「ゴミ」なしでは、都会の小鳥たちは住む家を作ることができません。巣作りができなければ、産卵して雛を育てることさえできません。小鳥たちからすれば、「ゴミ」なんてものは存在しないのです。何であれ、利用可能な資源なのです。

新たに何ものかを創造しようとする時、私たちは、この都会の小鳥たちから多くを学ぶことができます。発想の種は、至る所に転がっているのです。創造の扉を開くのに、秘密のパスワードも誰かの許可を得る必要もありません。絵画、物語、詩歌、音楽、それが何であれ、新たな創造に必要な素材は、私たちの身の回りに揃っているのです。嘘だと思うなら、コナン・ドイルが築き上げた作品の山に一度登ってみてください。

シャーロック・ホームズのシリーズは、世界中で推理小説の最高峰として認められています。実はその物語には、コナン・ドイルの生涯が色濃く反映されています。作家一生の体験をつなぎあわせた、一種フランケンシュタイン的な怪物、もしくは、文学的なパッチワーク・キルト、そう呼んでいいほどです。実際、ホームズ・シリーズのどの作品を取り上げてみても、必ず一つや二つは、作家自身の実体験が盛り込まれています。コナン・ドイルは、自分の身の回りの体験を素材に、あの驚くべき作品群を創造していったのです。

シャーロック・ホームズの人物造形にあたっては、コナン・ドイルが医学部の学生であった当時出会った二人の教授、ジョセフ・ベル博士とサー・ロバート・クリスティソンをモデルとしたことは、すでにお話ししたとおりです。ドイルの友人で作家のロバート・ルイス・スティーヴンソン[29]は一八九三年、ドイルに宛てた手紙に、次のような賛辞を記しています。「シャーロック・ホームズの冒険物語は、話の展開が非常に巧妙であると同時に面白い。ただ、一つだけ気になったのは、この主人公はひょっとして、僕らの古い友人であるジョー・ベル（ジョセフ・ベル博士）じゃないのか、と思えてきたのだけれど」。名探偵の氏名そのものも、コナン・ドイルの成長過程での出会いがヒントになっています。「シャーロック」は、子供

29『宝島』『ジキル博士とハイド氏』等の作品で知られるエディンバラ生まれの作家（一八五〇－一八九四）。小説の他に、優れた紀行文、書簡集、詩文でも名高い。

時代の友達の苗字です。そして「ホームズ」については、多くの研究者はこれを、ドイルの母親の友人であったアメリカ人医師でたいへんな教養人であった、オリバー・ウェンデル・ホームズ・シニアにちなんだもの、としています。ちなみに、ドイル自身はこのホームズ・シニアについて、「一度も会う機会はありませんでしたが、その人の噂を聞いて、これほど素晴らしい人もない、と思っていました」と回想しています。コナン・ドイルは、十代の大半を、スコットランドの寄宿舎学校ストーニーハースト校[30]で過ごしています。そこで、モリアーティー兄弟に出会います。その名は、名探偵ホームズ最大の宿敵として物語に登場することになります。また、旅客船で出会った新聞記者と仲良くなった作家は、その新聞記者が育った故郷デボンシャーを舞台に、その陰鬱な雰囲気を活かすことで、怪談めいた物語として著名な作品『バスカヴィル家の犬』を書き上げています。

コナン・ドイルは、創造の霊感が頭にひらめくのを待つ、という安穏に身を任せることはありませんでした。創造の種は、身の回り至る所に転がっている。作家は早くから、そのことに気づいていました。あとは、たわわに実を付けた果樹に手を伸ばし、必要とするだけの果実（創造の種）をもぎとればよかったのです。スランプに陥り、着想が浮かばず、作品を創造することができない。もし、あなたがそのような状態に陥ったときには、思い出してください。コナン・ドイルは日常のありふれた出来事を素材に、推理小説の不朽の名作を次々と生み出していったという事実を。その素材の一つ一つは、決して大したものではありませ

30 その始まりは一三世紀初頭に遡ると言われる、カトリック教徒子弟のための名門校。一時、英国から大陸フランドル地方に避難して細々と継続していたが、一七九四年に至ってサンドハーストで再出発。ドイルが入学する一八六八年の少し前から生徒数も大きく増え始め、一九世紀末には英国最大のカトリック系学校へと飛躍した。多くの高位聖職者を始め、著名な政治家やドイルのような文化人を輩出している。

ん。誰かの名前を借用したり、昔の思い出を書きだしてみたり、という感じです。しかし、これらの素材がまとめられて一つの作品になるとどうなるか。まごうことなき力を発揮するのです。作品の筋立てを構成するにあたっても、ドイルは同じ手法を取り入れています。名探偵ホームズは、一見解決できそうもない難事件を次々と解決していきます。誰もが見過ごしてしまうような、ごくありきたりの日常生活の、ささいな出来事をおろそかにすることなく、ここに興味と関心を集中する。そこから事件解決の糸口を掴んでいきます。

今ビジネスの世界で誰もが求める、画期的なサービスや新製品のアイデア。それは、高価なセミナーの会場にではなく、むしろ、あなたが住む街の道端に転がっているはずです。地域で働く、あまり見映えのしない、ごくふつうのビジネス・パーソンたち。そのごく普通の人々が、日々向き合っている様々な問題。そこに焦点を合わせてみると、ヒントが見えてくる、という意味です。画家エドワード・ホッパー[31]は、自身の絵画の素材を求めて、はるかヨーロッパに出向くことはしませんでした[32]。生まれ故郷であるニューヨークの、ごく当たり前の街の光景に、その素材を見出します。ミドルクラスの人々が忙しげに街をゆく様子や、がらんとした街角のダイナー（食堂）。当時の画家が絵画の素材としてほとんど関心を向けることのなかった、そうした日常的な光景を、ホッパーは描きました。日常の暮らしの中で目前に展開する光景、これを「真に見る」ことを学んでいき、やがてそこに、シェイクスピアの劇作に匹敵する複雑な人間の暮らしが繰り広げられていることを見出します。画家の修練の

31 Edward Hopper（一八八二–一九六七）。大恐慌から第二次世界大戦直後にかけて、主として寂寥感漂う大都会ニューヨークの光景を、また同時に、その郊外の光景を描くことで時代精神を見事に切り取ることに成功した稀有のアメリカ人画家。近年その評価はますます高まりつつあり、二〇一二年秋パリで行われた大回顧展は大きな話題となった。

32 確かにホッパーは、「絵の題材を求めて」欧州に旅することはしていませんが、一九〇六年と一九〇九年の二度にわたって「絵の修業のため」に、パリを訪れていて、このパリでの絵画修業と、そこで見聞きした

結果が、アメリカの古典と呼ぶに値する「夜鷹」(Nighthawks)などの一連の作品群として結実していくことになります。いかがですか。ちょっと想像してみてください、あなた自身の日常の暮らしの細部を。ひょっとすると、そのどこかに、素晴らしいインスピレーションが隠されているかもしれないと。

様々な出来事が、後のホッパーの画風形成に大きな影響を与えたことは、間違いありません。

第16章 良き右腕となる人物を探せ

ああ、いつも変わらぬワトソン君！　この変化の激しい時代に、君こそ定点の一つとして頼れる存在だよ。

――『シャーロック・ホームズ最後の挨拶』

お気の毒なワトソン氏！　あらゆる小説の登場人物の中でも、ワトソンほど誤解され、きちんと評価されていない人物も稀ではないでしょうか。長年に渡ってシャーロック・ホームズのシリーズは、大衆文化の世界で作品化され続けてきました。とりわけ、ラジオやテレビまた映画作品としてドラマ化された数は数え切れません。しかし、そのいずれにおいてもワトソンは、道化のような間の抜けた存在として描かれています。ホームズにじゃれつきながら、その後を追う、さ迷う子犬のような描かれ方、と言ってもいいでしょう。ワトソンは常に名探偵の隣にいます。ホームズが事件解決の手がかりを発見する時も、また、これぞという証拠を凝視している時も。そんな時には必ず、口から離したパイプを片手に、大きく目を見開きながら、「ありえない！」とか「くそ！　ホームズ君、一体どうやってそれがわかったのさ」などと叫ぶばかりなのです。

しかし、コナン・ドイルの原作に登場するワトソンは、そんな映画やテレビで長年にわたって「作りあげられてきたワトソン像」とは、まったく異なる人物です。知的水準の高い、しっかりとした男で、鋼のような強い神経を持ち、名誉を何より重んじ、しかも、ホームズに絶対の忠誠を尽くす、そんな退役軍人という人物像です。ホームズのシリーズ第一作『緋色の研究』においてワトソンは、次のように自分自身を語っています。「医師としての資格を得た後、アフガン戦争で英国陸軍の軍医として服務中、マイワンドの戦い[33]で重傷を負った。銃弾で肩の骨を砕かれ、鎖骨下動脈をやられてしまった。もしあの時、常に忠実で勇気あふれるマレー当番兵がいなかったなら、彼がとっさの機転で、私の体を荷馬にかぶせるように乗せてくれなかったならば、私は間違いなく、人殺しをものともしないガジス側の手に落ちていたと思う。英国陸軍側の前線になんとか戻ることができたのも、彼のおかげさ」と回想しています。

そんなワトソンを「うすのろで、冴えない、初老の男」だなんて。断じてそんなものではあり得ません！　『ロンドン・タイムズ』のコラムニスト、ベン・マッキンタイヤー[34]も、私と同じ考えです。二〇〇九年のコラムでベンは、ホームズとワトソン医師二人のキャラクターを比較し、そこでワトソンを持ち上げながら、次のように書いています。「ワトソンは、長年に渡って、いささか軽く扱われ過ぎてきたきらいがある。ホームズには、一瞬の閃光を放

33　一八八〇年七月二七日に行われた、第二次英アフガン戦争の雌雄を決する激戦。最終的に英インド連合軍はかろうじて「敗戦を免れた」ものの、戦死者は連合軍側約千名、アフガン側約二千名で、大英帝国の植民地戦史に残る一戦となっている。

34　戦争、犯罪、諜報活動を歴史家的な視点から再構築して、面白く読ませることに長けたノンフィクション作家（一九六三年生）。007

つようなきらめきがあり、誰もが驚きを持って見上げるような存在だ。一方ワトソンは、鈍重で控えめなたちで口数も少ない。それ故にこそ、彼の言葉は信頼できる。もし密林に探検に行くとなれば、同行者として最適と誰もが思うのはワトソンの方だ。まして、目的地がアフガン山岳地帯の戦場ともなればなおさらだ」。

「名探偵」という名声は、ひとりホームズの頭上に輝いています。しかし、ホームズの成功の影では、常にワトソンが重要な役割を果たしています。トゲトゲしい性格の天才が活躍するためには、親身になって手助けをしてくれるパートナーが必要なのです。ワトソンこそ、まさにその役割に最適。二人は、凸と凹のように、見事に互いを補完し合う関係です。

一九八〇年代、BBCテレビのシリーズでホームズを演じた役者ジェレミー・ブレット[35]は、あるインタビューで次のように語っています。「ワトソンとホームズは、実は、お互いが同じ一人の人間の半分身なんですよ。作者コナン・ドイルその人の分身なのです。だから、お互いがお互いを必要としているのは当然過ぎるほど当然のことで、そのどちらかを欠くなんてあり得ない話ですね」。

さて、ここであなた自身の成功戦略について考えてみてください。もし自分の戦略を実行するにあたって長期間、他の人と協力しながらことを運ぶ必要があるとするならば、ワトソン的なる人物こそが、協力者としては最適です。では、なぜ彼が、ビジネスのパートナーとして貴重な存在であるのか、具体的に見てみましょう。

の原作者フレミングや第二次世界大戦中に実在したスパイ等に関する最近の著作が好評。

35 イートン校出身の英国の性格俳優（一九三三－九五）で、若くして演劇の舞台人としてスタート、後に映画そしてTVで多彩な役柄を演じた。英国では圧倒的に、一九八〇年代にグラナダTVで四一回に渡って放映されたシリーズで演じた名探偵ホームズ、として知られている。生家はウォリックシャー県で王権の代理人を代々務める家柄であり、またチョコレートで有名な製菓会社キャドバリーのオーナー一族の親族。英国の最上層ミドルクラス出身者ということになる。

ワトソンはいくつかの分野に渡るスキルの持ち主で、そのための基礎教育を受けている

作者コナン・ドイル自身が医師であったことを思えば、物語の中でワトソンを医師として設定したのは自然です。一方ホームズもまた、薬学と化学に関しては十分なスキルの持ち主であり、特に毒薬に関する知識は別格です。要するに、二人のスキルはその土台において重なり合うところがあり、互いに同じ土俵で話ができるのです。ホームズは、ワトソンのようなきちんとした資格のある医師ではありません。一方でワトソンは、ホームズのような自由に活動する探偵ではありません。しかしながら、二人の知識と経験は互いに重なり合う部分があり、そのため、互いに気持ちのいい信頼関係を築き上げることができているのです。

ワトソンは自立した存在である

ワトソンは必ずしも、常にホームズを必要とするわけではありません。社会で十分成功可能な医師としての技術があり、個人として独立した暮らしもある男です。ロンドンにやってきて間もなくして結婚して身を固めます。そうなってからは、ワトソンがホームズの許を訪れないままに数か月が過ぎ去っていく、というようなことも珍しくなくなります。ワトソンは毎朝ベイカー街二二一Bを訪ねて「お褒めの言葉」を貰う必要など、さらさらありません。十分確立された尊厳のある自我の持ち主です。二人の間は、決して、主人と召使という関係ではありません。互いに尊重し合える健全なパートナーシップ関係なのであって、ホームズ

は最大限の尊重の念をもってワトソンに接しているのです。

ワトソンは優れた「人の話を聞く耳」の持ち主である

すでに引用した『白銀号事件』の一節では、ホームズはワトソンに対して、様々な事実がいかに事件の構図をより明確にしてくれることに役立つか、ということを詳しく説明しています。また『ボスコム渓谷の惨劇』では、こんな風に話しかけたりしています。「これを見てくれよ、ワトソン君。まあそこに座ってさ、ちょっとの間でいいから、僕の講釈を聞いてくれよ。どうしたらいいかわからないんだよ。ここは君のアドヴァイスが大事なところだと思ってさ。さあ、葉巻でも一服しながらさ、ちょっと僕の話を聞いてほしいんだ」。人の話をじっと聞く。大切な能力です。

時にワトソンは、恐れることなくホームズに異を唱える。議論という対話が、ホームズの非社交性に風穴を開け、その思考をより深める

事件の捜査過程でワトソンは、ホームズに何度も質問を投げかけ、納得のゆく説明をしてくれるよう求めます。そのあまりに非社交的な性格から、他の人との共同作業など到底不可能というホームズにとって、このことは大変に有意義です。ワトソンは絶えずホームズにあれこれ働きかけることで、名探偵が自身の硬い知的な鎧の中に閉じこもってしまうことを許

しません。ホームズを、少しは人間味のある世界へと引き戻しているのです。

ワトソンは自分がホームズになろうなどとは考えない

長い間の体験を通じてワトソンは、ホームズのパートナーとして、自分の役割がいかにあるべきか、ひいては、自分がいかに行動すれば事件の解決に結びつくのか、ということについて理解を深めていきます。その結論が、「ホームズと競わないこと」でした。ホームズは特別なスキルと才能に恵まれた男です。その飛び抜けた才能を事件に対して全開させ、最高度にその能力を発揮させるように助力する。これこそが自分の役割である。そう理解するに至るのです。他者を助けることに自身の天職を見出す、ということです。

ワトソンはホームズの仕事に信頼を置いている

このことは自明の理と思われるかもしれません。しかし、現実にはそうでもないのです。パートナーとの間で仕事の目標や理想で一致しているというわけではなく、目的は金や知識・経験取得のためにあり、という可能性も大いにありえます。彼らは、ある程度その目的が達成されれば、さっさと他所に移っていきます。長続きのするパートナーシップを成功させるためには、感情面と知的な面の両方で、お互いに対等で密接なやり取りを交わすことができる関係であることが必要です。物語の中でワトソンは、ホームズの様々な驚くべき冒険の数々を記録に残し、これを多くの読者に紹介する役割を託された者として登場します。ワトソンはそうした自身の役割が、単に捜査当局の事件解決の一助となるだけではなく、社会的にも重要な意味を持ちうると確信しているのです。信頼に基礎を置く関係は長続きします。

社会的な成功は、決して自分一人で達成できるものではありません。あなた自身がどれほど独立した存在であったとしても、また自身でそう思い込んでいたとしても、成功に至るまでには必ず他者の助けを必要とします。いかなる職種においても、良きパートナーを見つけることは、ゴール達成には必須です。なぜなら、そこに至る道筋の様々な局面で、他者の意見を必要とするからです。たとえばベンチャー・キャピタリストであれば、ファンドの内容を確定する時点で。作家志望者であれば、初めての小説の最後の仕上げをする段階で。どのような分野でも、他者から届くフィードバックの質が、貴方自身が生み出す最終的な作品（商品）の質を決定するにあたって重要な役割を果たします。ワトソンは、「物語の登場人物」という架空の存在です。しかし、その物語の中で語られるこの男の様々な長所には、リアリティがあります。この点を読み取るべく、注意を怠らないでいただきたいと思います。

第17章
自分が良き右腕となるには？

誓って言うが、この怪事件の核心に触れるまでは、一日たりとも休みなく、全精力を傾けてなしうる限りの捜査を続けるつもりだ。

――『バスカヴィル家の犬』での、ワトソンの言葉より

長期間に渡ってあなたの行動を手助けしてくれる良きパートナー。前章では、こうしたパートナーに必要な大切な資質について見てきました。では、もし、あなた自身がこれから他者のパートナー、つまりホームズを助けるワトソンという立場になるとするならば、どうなるのでしょうか。ホームズの成功を手助けするだけではなく、同時に自分自身の目標をも達成していくためには、どうすべきなのか。

この章では、「完璧なるワトソン」となるために必要な資質について考えてみましょう。

一．相手のパートナーの仕事に心底、興味と共感を抱いていること

心の底からパートナーの夢を信じ、これに共感できること。これが第一です。もし、その

夢をつまらないと思うようであるならば、パートナーのゴール達成を手助けすることなど、絶対にできません。当初ホームズの「探偵」という仕事に不信感を抱いていたワトソンは、しかし、相棒の事件解決の手助けをするなかで、徐々にその仕事に心躍るやり甲斐を感じるようになっていきます。その過程で、自身の医者としての知識が役に立つ場面も、一度や二度ではありません。こうしたこともあって、その仕事に大きな充足感を覚えるようになっていきます。ワトソンはホームズのように、「難事件解決こそこれ天職」というタイプではないものの、ひとたび事件が解決すれば、次の事件を求めてホームズの許にやって来る。いつしか、そうなっていくのです。

二．「主役」たるパートナーを嫉妬することなかれ

あなたが相手の下で、これを手助けする「脇役」の立場にある時には、「主役」の目標と自分自身の夢は、別のものであることが望ましいと言えます。これは、「一」で触れた「パートナーの仕事に対する共感」とはまた別の話です。自身が補助する「主役」と同じになりたい、「主役」の才能と力量をすべて自分も同じように持ちたい、などと思うようでは、到底「脇役」は務まりません。心の奥底に「嫉妬心」が徐々に入り込み始め、無意識のうちに、「本来ならば俺こそがホームズになるべき男」という思いが首をもたげ始める。そうなると、自分の力量の披瀝に邁進して、パートナーの立場を危うくするような行動を取ることになりが

ちです。ここで鍵となるのは、自分自身の立場をわきまえた上で、「脇役」でいることの利点を十分に認識してみることです。「主役」とはまた異なる、「脇役」としての独自の目標。これを達成していく面白さを学ぶことが大切です。

三.「脇役」としての仕事の他に、何か別の興味と関心の対象を持て

言葉を替えれば、脇役たる者、仕事を離れた場で自身の私生活をしっかりと確立せよ、ということです。ワトソンは結婚して妻もいれば、医師としても成功している。これに対してホームズは、仕事も私生活もほとんど区別なし。探偵業という一つのかごの中に、その人生で「持てる卵」をすべて投げ入れている独身男。ワトソンは、ホームズと二人で遂行する探偵業に対して、健全な距離感を保っているのです。堅実な実社会に片足を置き、もう片方の足をホームズの冒険世界に置いているのです。この絶妙のスタンスが、地に足の着いた安定感をワトソンにもたらしています。これによりワトソンは自在に、ホームズとは反対の立場に立つことができます。またその一方で、実社会での有用性と一般常識というプリズムを通して、ホームズの理論をクールに検討することも可能となっているのです。

四.パートナーに異を唱える時には、心底そう思う純粋さが必要

ホームズは圧倒的な才能の持ち主です。ワトソンの美点は、これを嫉妬したり、いささか

でもその才能を傷つけようなどとは決してしないことです。ワトソンは時に、ホームズの立てた仮説に異を唱え、その捜査のやり方に疑問を呈します。それは決して、「ホームズに対して我を張りたい」という、ワトソン自身のエゴから発するものではないのです。それは、純粋に心の底から疑問や異議を抱いているところから発しています。もしくは、ひたすら好奇心から発しているのです。ホームズと同じように、ワトソンもまたワトソンなりに、知識への強い渇望を持った男なのです。「我を張る」ようでは、脇役失格です。

五．主役の欠点を埋める、これが脇役の大事な役割

パートナーの「右腕」（脇役）として成功を収めたいのであれば、何事も正直に見つめる覚悟が必要です。自分自身のスキルや欠点はもちろん、ホームズ（主役）の長所と弱点についても、正直に客観的な目で見る必要があります。あなたご自身は、自分の能力と不備な点については、十分認識していることと思います。では、そのあなた自身の能力が、いかなる形で、主役たる相手の能力を補完できる可能性があるのか。人間誰しも「完璧」ということはありえません。確かにホームズは天才です。しかし、同時に、あまりに論理に勝ちすぎた性格で、人間としては感情面での暖かみに欠けている。それどころか、人間的な感情が欠如している、と言ってもいいほどです。ワトソンはこのことを十分認識しているため、自身の情け深く他者に寛容な性格をもって、ホームズのトゲトゲしい性格と相殺させる形をとるこ

とになります。

「良きワトソン」となるのは、決して容易なことではありません。しかしながら、脇役としての働き方を学ぶことはとても大切なことです。この社会で生きていく以上は誰しも、人生で一度や二度は、他人に仕える「徒弟修業」の時期があります。それは新たなスキルを学ぶ機会ともなれば、一方では、ただただ大きな仕事の歯車としての下働きという側面もあるのです。こうしたなかで「主役の目標達成を手助けする脇役」としての働き方を学ぶことには、大きな意味があります。なぜなら、いつか逆の立場となって、あなた自身を手伝ってくれるパートナーを探す必要が生じた時、この体験が生きてくるからです。

第18章
苦なくして楽なし

友よ、我慢だ、ここは我慢のしどころさ！
――『緋色の研究』

ある日、友人と二人で古本屋の棚を漁っていたら、シャーロック・ホームズの文庫本を見つけました。友人はそれまで一度もホームズを読んだことがないというので、「絶対気に入るよ。買って損はないと思うよ」と勧めてみました。二週間後、感想を聞いてみると、意外な答えが返ってきました。

「シャーロック・ホームズって奴が、物語のヒーローなんだよな？」

「もちろん、そうだよ」

「でもさあ、なんでこの探偵は、ひたすら居間の椅子にすわったきりで、なかなか動こうとしないんだろうね？」

友人の言わんとする意味を計りかねたので、正直にそう言ってみたところ、

「いやね、もう五～六話読んでみたんだけどさ、どの話でもホームズは、話の半分くらいいま

では、ただただ椅子に座りっぱなし。特に何をするってわけでもないんだよね。依頼人が登場して、解決してほしい問題を話し始める。ホームズはその話を聞く。それで……本当に話が面白くなるのは、それこそ、一番最後なんだよね。」

「本当に話が面白くなるのは一番最後って、それ、どういう意味？」

「ホームズが部屋を出て、実際に行動を開始する。殺人犯なり何なりを捕まえて、事件を解決する。こうした話の最後の部分のことだよ。ここが物語の核心だろ。なのに、その一番美味しい部分に至るまで読者は、毎回延々と待たされ続けることになるわけだからねえ、このシリーズは」

友人は、苛立っていたのです。

友人の「苛立ち」は、わからなくもありません。これは単に推理小説の話だけじゃない、と感じます。我々現代人は、どんどん我慢がきかなくなってきている。

何事も、本来必要な過程を省略して、即「一番美味しい部分」を手にし、ご褒美を先取りしたいと思うようになってきているのです。子供の頃、故郷アーカンソーのローカル局で、日本映画『ゴジラ』のシリーズが放映されていて、その大ファンでした。ビデオデッキが普及する前の時代ですから、映画の初めから終わりまで、ただただじっとこれを見ていくしかありませんでした。このシリーズでは毎回、ゴジラ登場までに、あれこれ話の展開があるわけですが、子供の私には、これがもう我慢出来なかったのです。そこに登場する日本人科学者も、その可愛い美人助手も、どうでもよかった。「早くゴジラを出せ！　ゴジラが東京の街をぶっ壊して回る場面を見せろ！」という思いで一杯だったのです。

友人の感想を聞いて、改めて、その友人の見方に立って、ホームズ・シリーズの話をいくつか読み直してみました。確かに、彼の言うとおりだと感じます。どの物語でも、前半三分の二までは、たいしたアクション場面は出て来ません。そうなのです。ホームズは呆れるほどの時間を、ただ居間の椅子に座って、他の人々の話を聞くばかりなのです。それどころか、物語の中には、その出だしを読んだだけでは、ホームズが主人公かどうかさえはっきりしないものも少なくありません。むしろ、依頼人や、発生したばかりの事件の様子を生々しく語るロンドン警視庁の警部たちにスポットライトが当てられていて、ひょっとすると、こちらが物語の主人公ではないかと思えてしまうほどです。友人言うところの「美味しい部分」すなわち、ホームズが椅子から飛び出し、犯行現場に赴いてこれを詳しく検証し、事件の謎を解決する、という部分は、たしかに話のずっと後の方にならないと出て来ません。

しかしながら、シャーロック・ホームズの物語に、もし、この「一見何事も起きていない」ように見える、依頼人の相談場面や、警部の説明場面がなかったとしたら、どうなるか。読者の心をわしづかみにして、物語の展開に熱中させるあの独特の感覚は、とても生まれないはずです。ここが、一番の注目点です。この「一見何事も起きていないように見える場面」

では、実際には、実に多くの出来事が進行しているのです。表面上ホームズは、ただ座って、依頼人の話を聞いている。しかし、このときホームズは、猛烈に頭を使っているのです。あらゆる情報を頭に叩き込み、事件に関する出来事で可能な限りの事柄を知り得たかどうか、依頼人を前にして熟慮を重ねているのです。何事かをなそうとする時、これに類する事態は、誰しも必ず一度は経験するはずです。真の目標を達成するまでには、その前段階として、大して面白くもない準備作業を、あれこれ積み重ねていかねばならないということです。

コナン・ドイルは、医師として正確な診断を下すために、患者の話をよく聞くことの重要性を熟知していました。そのためドイルは、この医療現場で必要とされるのと同じ性質の、「人の話をよく聞く忍耐力と注意深さ」をホームズに体現させたのです。そのホームズはといえば、これはもう、誰にも負けないほど、アドレナリン爆発の犯人追跡劇という大冒険を愛する男です。そこに「忍耐力と注意深さ」が加わる。スリル満点の大冒険に至る前には、十分な準備過程が必要だということの象徴です。

今日エンターテイメントの世界では、何事もスピード感が命です。そのため我々は、それに慣れきってしまって、「待つ」ということを忘れてしまっています。たとえば、見たい映画はケーブルテレビのオンデマンドで。もしくは、インターネットを通じて、ものの十分もかからずダウンロード。二時間ドラマを「急いで見たい」と思えば、そのドラマの主要場面を集めたビデオクリップが見られるサイトに行けばいい。それよりも、番組のサイトやファンのブログで、一分もかからずに、その粗筋を知ることさえできる。もはや、これが日常化してしまっているのです。やがて我々は思い始めるかもしれませんね。何事も最初のつまらない導入部分はスキップする。中間部分は早回しで飛ばしながら、あっという間に成功を手にすることができるはずだと。自分の将来もまた、PCで気に入った写真を探し出す時のように、望ましい未来が来るまでスイッチを押し続ければいいだけだと。しかし、人生はビデオではありません。まじめに深く考えを巡らせてみれば、すぐにわかるはずです。カーソルのポインティングとクリックで、自分の未来を切り開くことなどできはしないと。

さて、ここ一年ほどの話です。私の住むアパートの隣で、大きなホテルの建設工事が開始されました。ちょっとした谷地で、雑草や蔓草がびっしりと一面を覆っている、広大な空き地だった場所です。一群の現場労働者が下草を処理し、土地をならし、谷地の脇から土が崩れないように側壁で敷地を取り囲んだ後、いよいよ建物の工事が開始されました。地下駐車場となる部分が深く掘り下げられ、コンクリートが流され、電気関係の配線、上下水の配管が張り巡らせられた後、それが道路の地下溝に既設の、電気の本線や上下水道の本管に接続されていきます。建築資材がそこら中に散らばり、いつの時点でも、大工さんも電気設備工事屋さんも、同時並行で五つ以上の仕事をこなしていきます。そんなハードワークがゆっくりと進行していくなか、現場が混乱した状況に陥ることがままありました。部屋の窓から見下ろしていましたから、現場の状況が見て取れるのです。工事は明らかに遅れているようでしたし、何日もの間、何一つ進行していない、そう見えることもありました。ところが、ある日突然のごとく、そこに数階建てのホテルの完全な構造体が姿を現すに至ったのです。床材が張られ、鋼鉄の梁が組み込まれ、石積みの壁が立ち上がり、窓がはめ込まれていく。この過程は、それこそ、あっという間のことでした。そうなのです、建築の場合、準備過程とも言える基礎工事には、とても長い時間がかかります。しかし、一旦基礎工事が完了した後は、後の工程はそれこそロケットのごとき猛スピードで、一瞬にして建ち上がっていくのです。この最後の工事部分こそが、建築工事プロジェクトの「一番美味しい部分」なのではないでしょうか。

大きなプロジェクトの準備段階や、仕事のキャリア初期の修行段階では、働けど働けど、何一つことが動いていかないし、目に見える変化も生じない。そんな風に思える時期があるものです。でも、そんなことで、落胆しないことです。夢が大きければ大きいほど、最終目標が高ければ高いほど、そこに到達するための準備に費やす時間も労力も、より長くより多く必要となります。その相関関係は､時に推理小説の展開する様に似ています。推理小説は、その本来の性質からして、謎が解決されるまでは不可解な物語の展開に満ちています。これがある時点で突然、何もかもが腑に落ちて、その全体像が見渡せる瞬間を迎える。まるで、このホテル建設の最終工程のように。

シャーロック・ホームズのシリーズのファンは､どれほど筋が入り組んで複雑な事件であっ

たとしても、決して心配しません。なぜなら、最後には必ず、ホームズがすべてを解決してくれますから。だから、場面場面のスリルもサスペンスも、存分に楽しめばいいのです。しかし、実生活では、当然のことながらそうはいきません。目前の問題が必ず解決するなんて保証は、どこにもない。名探偵が助けに駆けつける？　ありえません。サスペンスすなわち、先が読めない不安が一杯なら、これを楽しむどころか、ストレスが増すばかりです。現実の社会では、厄介な問題を前にすれば誰しも「ああ困った、絶対に解決できそうにない」と沈んでしまうのが普通です。しかし、実はそれはあたかも、「解決不可能」と書かれたヴェールをまとった幻影のごときものなのです。実態があるようでない。したがって、姿勢一つ、考え方一つで、見え方が随分違ってきます。どれほど難しい問題であっても、解決に向かって近づいていく道は必ずある。これが、医師として難しい診断を数多く経験してきたコナン・ドイルの考え方の基礎です。では、ドイルにとって問題解決の鍵は何か。それは「諦めずに挑戦し続けること」です。「この事件は解決できない」と悩んだ末に、絶望に身を任せるなど、ホームズには無縁、その正反対です。常に「事件の解決は間近だ」とワトソンに確信させ勇気づけることで、彼を支えながら前に進んでいく。医師としてのドイルの経験がここに投影されているのです。

ホームズ・シリーズの物語では、話の序破急の見事さを味わうことができます。まず最初に主たる登場人物が紹介される。次に犯罪の現場へと進む。それからホームズがヴァイオリンを弾くシーンとなる。ある意味では、「規則正しい順番で」と言っていいほどです。しかし、現実社会ではこうはいきません。何の予告もなく突然問題が起きて、そのまっただ中に放り出される事態にしばしば遭遇します。そんなストレス一杯の事態を迎えた時には、『四つの署名』で語られる、ホームズの切なさから発せられた言葉を思い出してみてください。「これらの出来事をつなぎあわせて事件の全体像を明らかにできるような、いくつかのつなぎ目。これが欠けている。それさえわかればいつだって解決できる」。ホームズは、事態の混乱ぶりに焦点を合わせることはしません。それよりも、混乱した事態の中に秩序だった筋を見出す能力が自分にはあるという点に気持ちを集中させるのです。どうか忘れないでください、いつだって「お楽しみ」は一番最後にやって来るということを。

コラム 3. カンバーバッチ・ホームズの現代性

名探偵ホームズの物語は、あたかもシェイクスピアの作品のように、作家や演出家たちがその「正典」に様々な解釈を施すことで、映画・テレビの作品として形を新たにし続けています。では昨今、最も注目を集める映像化作品はどれか。これはもう圧倒的に、英国BBCのTVシリーズ『シャーロック』です。2010年に始まり2014年までに3シーズン10作品が制作されていて、これが世界的に大きな反響を呼び、ホームズを演じたヴェネディクト・カンバーバッチは一気に世界的なスターの1人という地位に躍り出ました。

このTVシリーズ最大の特徴は、ホームズが活躍する舞台を現代に移していること。演出家と脚本家がオリジナル作品を見事に換骨奪胎して現代化しているその力量には感嘆させられます。その魅力の中心がカンバーバッチで、IT時代の名探偵を演じていても、まさにドイルが描いたホームズそのままなのです。

1976年、両親共に俳優という家に生まれた「キツネ顔」の役者は、しかし雰囲気やキャラクターを売り物にする俳優ではなく、圧倒的な演技派。イートンと並ぶ英国の名門ハーロウ校に学んでいて、英国社会の中上流の人物を演じるに当たり、これが大きな力となっていると言われます。ハリウッド映画でホームズを演ずるロバート・ダウニーJr.もさることながら、ここしばらくは、ホームズ＝カンバーバッチという時代が続きそうです。

BBCテレビ『シャーロック』DVD（左がベネディクト・カンバーバッチ，右はワトソンを演じるマーティン・フリーマン）▶

第19章 協力者には秘訣を出し惜しみするな！

捜査方法や推理の仕方など、仕事の手順を秘密にするなんて、一度もしたことがないね。ワトソンはもちろん、そういうことを知りたいと思う誰に対してであろうと、隠したりはしないさ。

——『ライゲートの大地主』

「同業者との競争を勝ち抜き、業界ナンバーワンを目指す。そのためには、自分の成功への秘訣を広く公開して、多くの人にこれを知ってもらうことが大切だ」などと言う人がいたら、どう思いますか？　こいつ頭がオカシイと思いながらも、聞いてみたくなりますよね、「いったい何のために、自社の成功の秘訣を人にばらす必要があるんですか？」と。

しかし、これこそまさに、シャーロック・ホームズがやっていることなのです。どの事件においても、自分がいかにして事件を解決したかを徹底的に説明し、喜んでその秘密を解き明かす。『緋色の研究』でホームズは、ワトソンの質問に、ちょっと冗談めかしながら、こんなふうに答えています。「手品師は種明かしをしてしまえば用なしになる。だから、僕があまりにあれこれ君に秘訣を教えてしまえば、ただの人になっちゃうじゃないかと心配しているわけだよね」。

「事件解決の秘訣を秘匿する」なんてことには一切関心がない。計り知れない知識欲の持ち主であるホームズは、それと同じくらい、知識を人々に広めたいという強い気持ちの持ち主でもある。コナン・ドイルは、ホームズをそういう人物として物語に登場させています。事件捜査の過程で、常にワトソンをけしかけ、共に行動し、自身でもあれこれ調べるようにしむけ、少なくとも解決の手がかりとなる証拠の検証だけでもやらせる。ワトソンにとってホームズは事実上、「ホームズ的事件解決法」の教師と言っていいでしょう。

『花婿失踪事件』の一コマです。「義理の娘が失踪して困っています」という女性の依頼人が帰った後で、ホームズはワトソンに尋ねます。「いまの女性ね、君はあの女性の様子から、どんな情報を知ることができた？　ちょっと聞かせてくれよ」。これに応えてワトソンは、女性がジャケットに付けていたビーズの色に至るまで細かな観察結果を語ります。それを聞いたホームズはこう応じています。「へえ、ワトソン君、凄いね。大したものだよ」。

それにしても、なぜホームズはワトソンに様々な秘訣を教え、これを導こうとするのでしょうか。「ホームズ的事件解決法」は、ホームズ自身が自ら創意工夫を凝らして考案したものです。これをフル活用して、探偵として生活の糧を稼いでいる。にもかかわらず、その秘訣を他人に開示するというリスクを、なぜ敢えて冒すのでしょうか。より高い次元での競い合いを求めてのことなのでしょうか。この点に関してホームズは、実は、非常に抜け目ない形で行動しています。なんたって目配りの天才ですから、落ちはありません。

まず第一。ワトソンを教育することでホームズは、ワトソンが仕事に対してモチベーションを維持できるように仕向けています。仕事の相棒として見るならば、ホームズほどどうしようもなく扱いにくい男もありません。ワトソンはいつだって、ホームズの行動に泣かされています。ワトソンには苦労の掛け通し。仕事の秘訣をワトソンに開示するのは、その詫びという意味も含めて、ホームズのワトソンへの信頼の証となっているのです。と同時に、ワトソンにも「自分もチームの一員として扱ってもらいたい」という思いがあります。そして何より彼は、新しい知識を学び、新たなスキルを開発することが、心の底から好きな男なのです。

第二に、仕事の秘訣を開示することでホームズは、自分自身が背負っている重荷を取り除き、わずかでも楽に仕事を進めたいと考えているのです。もしワトソンを教育せず、ただ手足として使うというのと、教育して自主性をもって動く男になってもらうのとでは、ホームズの肩に掛かる仕事の負担は大きく違ってきます。目端の利く第二の「ミニホームズ」がいてくれれば、どれほど助かることか。

一定のプロジェクトで他の人と共同作業が必要な場合には、そのメンバーが持つ知識や能力を、互いに利用し合えるように努力すべきです。もちろん、あなたのパートナーは、あなたと同じくらい野心もあれば、プライドもあるはず。である以上、これを動かすには、あなた同様メンタルな面での動機を必要とします。自分がなぜ、そのプロジェクトを遂行しているのか。それによって、いったいいかなる目標を達成しようとしているのか。他のメンバーは、いかにしてそのプロジェクト達成に助力を与えることができるのか。こうした様々なことを含めて、あなた自身が内面に秘めている熱い思い、さらには仕事の秘訣、ここに相手方が触れる機会があれば、これがそのパートナーにとって自ら動く動機となるはずです。

怪物めいた知識の持ち主であるホームズからすれば、ワトソンの知識のなさをからかうことだってできるはず。また、次から次へと展開するホームズの知的能力のスピードに理解が追いついていない、と叱ることだって考えられる。しかし、そんなことはしません。そんなことをしている暇があったら、友であるワトソンの能力を高めていく手助けをする。その方が、後になって得られる成果がずっと大きくなる。ホームズは、そのことを十分理解しているのです。

第20章 あらゆる層に友を持て

ホームズは知り合いが多い。それも、自分とはおよそかけ離れた社会階層の知り合いがね。

——『緋色の研究』

シャーロック・ホームズは、驚くべき知性とカミソリのようなシャープな本能の持ち主です。その顧客はロンドンでも最高のクラスの階層に属する人々であり、ホームズこそは、まさに「エリート」と呼ぶにふさわしい存在です。しかし、もし、みすぼらしい身なりをした街の浮浪児たちの集団「ベイカー街遊撃隊」の助けがなかったならば、ホームズの成功も、あれほど輝かしいものとはならなかったことでしょう。[36] この薄汚れた荒っぽい少年たちが、犯罪事件解決に必要となる街場の様々な情報を、時に応じてもたらしてくれるのです。ホームズは冗談半分に、「こうした乞食小僧一人の方が一二人の警官よりも役に立つくらいさ」と言いながら、この浮浪児集団を「探偵警察ベイカー街小隊」などと呼んだりしています。『緋色の研究』の中で、ホームズは彼らについてこう述べています。「警察の匂いがする男を一

36 この時代、英国社会では資本主義の負の側面が赤裸々な形で表面化しつつあった。その代表例が都市に巣食う浮浪児集団であり、その様子はチャールズ・ディケンズ

目見ただけで、多くの人間は口をつぐんでしまうものさ。それに比べて、この小僧っ子たちは街をそこら中ほっつき歩いて、あらゆる話を耳に入れてくるんだ。それどころか、奴らは針のように鋭敏な感覚の持ち主だからね。あいつらに欠けてるものは、秩序だった組織だけさ」。

『緋色の研究』から数年後の作品『四つの署名』の中で、再びホームズはこの「遊撃隊」に重要情報の探索を依頼した上で、ワトソンにこう言っています。「(奴らは)どこへでも行き、なんでも見て、そこら中で人の話を盗み聞きできるのさ」。

ホームズはもちろん、王族と気軽に盃を交わすこともできるし、ロンドン警視庁の長官とブランデーを舐めながらひとときを過ごすこともできる立場です。しかし彼は、社会の底辺の人々との友情を絶やさないことの重要性を熟知していました。いざというときに、こうした人々がどれほど大きな助けとなることか。世界一とは言わないまでも、少なくとも英国最高の探偵という高みを目指すために助力となりうるものは、それがいかなるものであるにせよ、ホームズはこれを必要としているのです。

人は誰しも自分の基準で他人を判断します。しかし、もし、外見で人の適否を判断しているのであれば、判断基準を変えてみてはいかがですか。それだけで、それまで体験したことのない新たな可能性に満ちた世界が開けるはずです。ホームズがいい例です。難事件に巻き込まれるか否かは、金持ちも貧乏人も関係ありません。依頼人の服装や見かけ(もしくは捜

の諸作品やヘンリー・メイヒューの社会レポートで生々しく知ることができる。ホームズ・シリーズは社会史の視点からも興味深い作品が多い。

査報酬の支払い能力）ではなく、あくまでも事件の内容次第で事件を引き受け、これに専念する。そうであったからこそホームズは、ロンドンで起きる事件の中でも最も解決が難しそうな怪事件の数々を担当することができたのです。これにより、その捜査能力はより一層研ぎ澄まされていくことになります。難事件を次々と解決していくことにより、ホームズの名声はより高まり、そのおかげで、より多くのお金持ち、それも底知れない富を持つ人々を顧客として惹きつけることが可能となっていきます。このように、貧乏な人々の事件を喜んで引き受けることは、巡り巡って最後には、プロの探偵としての名声、捜査技術の向上、さらには経済的な利得等々、ホームズに様々な恩恵をもたらすことになるのです。

その一方で、ホームズには自分自身の限界をわきまえるに足る賢さがあります。そのことは、「遊撃隊」の連中と付き合いがあることでも裏打ちされています。ホームズは、広範囲の分野でエキスパートと呼んで差し支えない男です。それだけに彼は、自分の得意としない分野については、その道の専門家に頼ることの重要性を痛いほど理解しています。「遊撃隊」の連中こそは、タフガイであるホームズでさえかなわない、荒々しく無鉄砲な、ロンドンの「底辺社会の専門家」ですからね。

現代社会でそれなりに成功を収めている人の中には、残念ながらホームズとは違って、この点がわかっていない人が少なくありません。大きな昇進を果たし、立派な肩書きをもらうと、いつしか秘書・郵便物整理係・アルバイト職員など、末端の社員たちのことを忘れてしまう。上役のご機嫌を伺うことに時を費やし、週末は同じ地位にある同僚たちとの付き合いゴルフを欠かさない、そんな風になっていく。一般社会でも似たようなものです。「銀行口座残高の桁の大きさで人間を評価する」というタイプの人、時々出会いますよね。車はＢＭＷで、身なりはグッチ、そういう相手は大歓迎、という人たちです。でも、この手の人たちは、食品店の売り子など目の端にも入らないし、近所のベビー・シッターなんて年季奉公の召使い程度にしか思っていない。

しかし、こうした上昇志向の「同類お大事メンタリティ」は、時に手痛いしっぺ返しをくらう可能性があります。真に有能な重役クラスともなれば、そのことが痛いほどわかっているので、「社内ピラミッドの階層の上下に関係なく、誰とでも気持よく挨拶を交わせるようでなければダメ」という姿勢が当り前です。なぜか。こんなことがあるからです。ある日「権力志向氏」（あなた）は重要会議に遅刻する。出席者に配布する報告書が揃っていない。もはや一刻を争う場面で必死の形相。ここは何としてでも「末端社員」の助けが必要。この場面で、末端社員がすっ飛んできて助けてくれるか。それとも、末端社員同士でお茶を飲みながら、あなたに冷たい視線を浴びせるか。はたまた、「コピー機が紙詰まりな上、ホチキスが見つからなくて」というイビリを受けるか。考えてみてください、それまでの態度を。

「選ばれた少数」ではなく、あらゆる人々と広くコミュニケーションのラインを保っておくことは、いろいろな点で恩恵があります。最高経営責任者（ＣＥＯ）は権力の頂点に立って采配を振るいますが、実はその秘書こそが、真の黒幕と言っていい存在です。現代の企業社会における「ベイカー街遊撃隊」は、企業取締役の秘書に代表される「権力者の門番」に相当する人たちなのです。電話にしろ、Eメールにしろ、面会のアポ取りにしろ、そのいずれをとっても、これを実際に「権力者」につなぐか否かの判断は、彼らが下しています。電話をつないでもらえるか否か、Eメールが「なぜかわからぬ理由で」迷惑メール箱行きとなってしまうか。はたまた、「一五分間だけですけれど、なんとか面会予定に押しこみました」と言ってもらえるか。日頃のあなたの対応次第です。この大原則は、オフィス以外でも同じです。たとえば、陸運局登録課の担当者に丁寧な態度で書類を提出すれば、その処理が後回しにされることはないはず。相手の地位にとらわれることなく、一生をかけて、多様な人間関係を丁寧に構築していく。その努力はいつの日か必ず、大きな成果を結ぶはずです。

第21章 偉大な先人への敬意を忘れるな

勉強に終わりはなしだよ、ワトソン君。一生、偉い人から学び続けるってことさ。
――『赤い輪』

すでにいくつかの章で見てきた通り、コナン・ドイルは、医学部の学生時代に出会った二人の教授、サー・ロバート・クリスティソンとジョセフ・ベルから大きな影響を受け、この二人の個性をシャーロック・ホームズの人物像に反映させることで、恩師に対して最大限の尊敬の念を表しています。ドイルは生涯を通して医師としての仕事を続けたわけではありません。が、これら当時の「医学会の巨人」たる大物学者たちの間近で学ぶ機会のあったことに、深い感謝の念を抱いていました。自身の創作作品の中に登場させることで、彼らの姿を永遠に読み継がれる存在としたばかりでなく、数多くのインタビューにおいて、いかに二人の恩師に恩義を感じているかについて何度も語っています。

ところで、近年の「自己能力開発」ブーム。その発想は未来志向です。ここでは各個人の「潜在的能力」（開発可能性）という言葉が、新たなキーワードとなっています。過去のことは忘れて、ひたすら未来に設定したゴールに向かって進んでいく。しかしコナン・ドイルは、成功に至るには、自分と同じ道を歩んだ先人の偉業に学ぶことが必要であることを熟知していました。医学にせよ文学にせよ、事情は同じです。実際ドイルは、推理小説を書き始めるにあたって、可能な限り多くの同時代の探偵小説を読み漁っています。

西暦一六一年にローマ帝国皇帝となった古代ローマのマルクス・アウレリウス[37]は、今では古典中の古典といっていい『自省録』を著しています。この本で驚かされることの一つが、その導入部です。自身の人生哲学を語るわけでもなければ、また、自身の達成した戦の勝利や、政治的な偉業を述べるわけでもありません。マルクス・アウレリウスは、ここで非常に驚くべき手法を用います。「人生の意味」を考えるにあたって、この著者は未来を見つめることをせずに、まず最初に過去を振り返ることから始めるのです。

一．私は我が祖父ウェルスより、良き道徳と感情の抑制の仕方を学んだ。

二．父については、その社会的な名声と自身の記憶から、節度と男らしさの何たるかを学んだ。

三．母からは、情け深さと慈善を学んだ。また、悪行だけではなく、悪しき心からも離れて節制修身し、金持ちたちの自堕落からはるかに身を離して、簡素なる暮らしを営む術も学ぶことができた。

---

37 古代ローマ帝国皇帝マルクス・アウレリウス・アントニヌス（一二一ー一八〇）（在位：一六一ー一八〇）。自らを厳しく律するストア派の哲人皇帝で、ギリシア語で無常感あふれる自身の内面の哲学を深く語った『自省録』の著者として知られる。

四．我が曽祖父からは、次のことを学んだ。必ずしも学校に通う必要はなく、良き教師たちを家に置くべきであって、これら教師たちに対しては、十分な報酬をもって遇すべきことを。

世界文学史上でも最も偉大な作品の一つである『自省録』は、こうして、アウレリウスが自身よりも賢さを湛えた年配者から学び取ったあれこれの一覧表とでも呼ぶべき内容から始まります。この導入部では、見事に自分自身を謙遜する一方で、同時に、アウレリウス本人の崇高な思慮深さが示されています。またこの皇帝は、辛い学習から逃げることなく、これに向き合っています。『自省録』より少し後になりますが、アウレリウスは、自身の教師の一人ルスティクスから学んだことについて、次のように記します。「先生の話を聞いて私は、自分の性格を改善し、より規律正しい生活を送るようにしなければいけないと深く心に刻んだ」。

継続的な成功の基礎に横たわるのは、単に目標を達成できたという事実だけではありません。そこに至る過程で、何をいかに学ぶことができたのか、という経験知もまた、大切な要素として含まれます。コナン・ドイルが、きわめてユニークで人気のあるキャラクター「シャーロック・ホームズ」を創造しえた背景には、作家がクリスティソンやベルなど、その範例となるべき偉大な先人たちを注意深く観察し、その言葉に耳を傾けるという学習の積み重ねがあったからです。これまでの人生で、あなた御自身、重要と思われる先人から何かを学んだことがおありですか？　たとえば、自分自身の気質や能力の中で、良い気質・能力だと思えるものを頭に浮かべてみる。その上で、そうした気質・能力は、いつ、誰の影響で、どのようにして学びえたのかを考えてみる。そしてこれを、十分に時間をかけて数え上げてみる。そんな棚おろしをしてみたことがおありでしょうか？

やってみれば、すぐにわかるはずです。自身の成功の基礎たる気質・能力は、決して何もかもが自分の中から生み出されたわけではない、ということが。自分自身のハードワークだけではなく、同じくらいの比重で、他者から受けた様々な影響の上に、あなたの成功は成り立っている。そして、ひとたびその事実を理解するに至ったとき、初めてそこに他者の意見に耳を傾けるだけの余裕が生まれる。他者の批判を甘んじて受け入れ、あなた自身が選んだと同じ道を既に長く歩いてきた先輩の、友情のあるアドヴァイスに真摯に耳を傾ける余裕が。

第22章 ホームズ的方法論を真似る

ホームズは、様々な具体的な物（証拠）を前にして、自身の五感と理性的な推理能力をフルに使って、これらの物（証拠）が、どのような形でそれぞれつながりを持っているかという全体構造を解き明かしていくことができるのだ。

——E・A・ランボーン[38]

一九世紀末から二〇世紀初頭にかけて、シャーロック・ホームズ的「捜査法・思考方法」は、当時の社会に大きな影響をもたらします。これはもう「ホームズ現象」と呼んでいいほどの大きな出来事でした。そのインパクトの大きさを今日の読者が想像するのは、なかなか難しいのではないかと思います。一八〇〇年代末から第一次世界大戦が終わる一九一七年までの間、大西洋をまたいだ英米両国で、およそ教養人と呼ばれるような人々であれば、誰もが名探偵ホームズの活躍を夢中で追いかける、そんな大流行が生まれています。多様な専門分野のプロフェッショナル（知的専門職従事者）たちでさえ、これがフィクションであると知りながらも、物語の中で展開される様々な原理原則は、この現実社会にあっても計り知れない

38 一九〇四―四四年の間 East Oxford Council Boys' School の校長として、斬新な教育法で学校を盛り立て、多くの優秀な生徒を育てた教育者（一八七一―一九五〇）。その功績により一九二一年オクスフォード大学より名誉修士号を授与されている。オクスフォード地方の郷土史、考古学に造詣が深く、関連の著書多数。自身の勉強はすべて独学で、「本と建築物と野生動物からすべてを学んだ」と語るのが常だったという。

ほどの有用性がある、と実感していたほどです。
一八九二年の『批評』[39]誌上で、ある匿名の評者[40]が、「ホームズ的捜査思考法」について次のように述べています。

ホームズは、ロンドン警視庁に所属しているわけでもなく、また、「私立探偵」の同業者の組織に所属しているわけでもない。常に自分一人で行動する。そうすることで「他の人であれば解決に困難を覚えるような怪事件であっても、いったん彼の手に掛かれば、究極の解決をみること間違いなし」という信頼を得ていく。今ではその名声は全国に響き渡るほどの成功を収めるに至っている。仕事のやり方はシンプルで、論理的で、しかも、好奇心をくすぐる面白さに溢れている。まず、事件が持ち込まれるとホームズは、あらゆる可能性を考えて、解決への道を探っていく。次いで彼は、目前に展開する状況の一つ一つを、きわめて詳細なレベルに至るまで注意深く観察する。たとえば、靴底の片側のすり減り方、思いがけず開いた窓、包みを結ぶ紐の独特な結び方、などのような、一見どうでもいいような事柄から少しずつ、必要な手がかりを得ていく。次に、その検証結果から、あるものはこれを進んで取り入れ、あるものはこれを即座に捨て去ることを繰り返しながら、一連の流れを説明できそうな、筋道の立った仮説を作り上げていく。こうして一連の証拠のつながりが、ホームズ自身満足の行く形で説明できる水準に達した時、その仮説は「事

39 一八四三年にE・W・コックスとJ・クロックフォードにより創刊され、一八六三年まで続いた文化評論誌。コックスは弁護士で文筆の才もあり、法律雑誌から始めて出版の世界で大きな成功を収めている。その過程で『ビートン氏のクリスマス特別年鑑』のS・ビートンが創刊した高級婦人誌 *The Queen* を一八六二年に買収している。当時の英国の出版界の面白さが想像できる逸話だ。
40 捜査当局者を暗示。

実こうであったに違いない」というレベルに到達するのだ。これすなわち、事件捜査という仕事を、一連のシンプルで論理的な作業の連続へと変化させたもの、と言っていい。

当時、様々な分野のプロフェッショナルたちが、ホームズ的方法を真剣に受け止め、これを自らの分野における難しい問題の解決に応用するという動きが出始めています。たとえば、教育者E・A・ランボーン。一九〇五年に、小学校レベルの子供たちに短期間で論理的な思考能力を獲得させるため、授業でシャーロック・ホームズ的思考法を教えるように提案しています。ここでランボーンは、作品『青い紅玉』の主要な登場人物へンリー・ベイカーをめぐるあれこれを例に挙げながら、ホームズ的思考法を大きく四つの要素に分解して、次のように説明しています。

第一は、いかにして注意深い観察を行うかについて。

ホームズは、様々な具体的な物（証拠）を前にして、自身の五感と推理力をフルに使って、これらの物（証拠）が、どのような形でそれぞれつながりを持っているかという全体構造を解き明かしていくことができます。その基本となるのは、名探偵の驚くべき観察力です。たとえば、この物語でベイカーがいつもかぶっている帽子。こんなごくありきたりのものを、名探偵がどれほど細心の注意を払って観察しているか見てみましょう。その大きさ、形、生地の状態、裏地の種類、そこにわずかに残された散髪直後の白髪交じりの髪の毛、整髪料のライムの微かな香り、獣脂のシミ等々まで見逃さないのです。

第二は、推理する力について。

ホームズは、ベイカーの帽子を検証して、次の事実を見出します。その素材は最高級。しかし、生地がいささか「よれた」状態となっている。このことから名探偵は、本人と直接会うことなしに、「ベイカーは、以前はかなりいい暮らしをしていたが、最近、何らかの事情で生活が荒れ始めているに違いない」というところまで推理できてしまいます。

第三は、より事態を詳細に把握するために、自分の過去の経験を通して蓄積された知識、つまり記憶を的確に利用する方法について。

たとえば、帽子の型にも流行があって年々変化しますね。ホームズは、そんなことまでちゃんと覚えています。で、ベイカーの帽子の独特の型から、それが三年程前に購入された品だと判断する。自分の記憶を上手に役立てているわけですね。

第四は、ホームズの「建設的な構想力」について。

ホームズには、（検証過程で得られた）様々な事実を組み合わせて、一体感のある仮説を構想していく能力があります。この能力がフルに発揮されるとどうなるか。帽子一つを検証しただけで、「かつてはいい暮らしをしていた男が、いつしか落ちぶれて、外出の機会も限られ、家の中も荒れた状態で暮らすようになって…」という人物像が浮かび上がってきます。様々なことをつなぎ合わせていく構想力の凄さです。

ところで、一九〇〇年の雑誌『イギリス医師会雑誌』[41]誌上にも、ホームズ的方法論が実社会で応用された一例を見ることができます。ある眼科医が患者の診療にホームズ的な方法を応用し、次のような興味深い結果を得ています。

患者は年齢一六〜一七歳くらいの若い女性で、職業は子守り女中。生後一二〜一四か月と思われる赤ん坊を抱き抱えて診察室にやって来た。彼女はトラコーマを患っていて、眼は充血し腫れた状態。私（ヴァン・デューズ医師）は、その場で「以後、赤ちゃんを抱くのを止めなさい。赤ちゃんに手を触れてはいけませんよ」と命じ、彼女も「はい、わかりました。そうします。」と約束して帰った。二日後、同じ女性患者が再び受診にやって来た。病状に改善が見られず、ひと目で命じたことを守らなかったと判断したので、次のようにきつく諭した。「赤ちゃんを抱いてはいけないと言ったのに、君はこれを守らずに、あれからもずっと抱いていましたね。こうなると、君の雇い主であるご夫婦に、君の病状を直接伝えることになりますよ」。これに対して女性患者は「私絶対に赤ちゃんを抱いていませんよ」と強情を張り続ける。そこで、こう言い渡した。「君ね、ほんの二〇分ほど前まで赤ちゃん、右手に抱いていたでしょ。わかっているんだよ、それくらいのこと。で、病院の入り口あたりで、赤ちゃんを誰かに預けて、それで診察室に来たんでしょ」。若い女は、私の「神がかり的な見通し力」に仰天して、「すいません。言われたこと守りませんでした」と

41　一八四〇年創刊（創刊時は別誌名）で、現在も続く、英国を代表する権威ある医学雑誌。

告白するに至った。これは「神がかり的な見通し力」でも何でもない。この若い女の着けていたエプロン、その右から左に真斜めに、オシッコが流れた跡がはっきりと見られたのだ。物事を細部に渡るまで注意深く観察する技術。このシャーロック・ホームズ的観察法は、間違いなく、診療の現場でも役立てうると考える。

さて、このホームズ的方法論、セールスの現場にも応用できます。ホームズ人気が頂点に達していた一九一五年のことです。名セールスマンとして知られたハーラン・リードは、自身の主宰する雑誌『リードの営業マン精神』に、次のような記事を書いています。

「セールスマンとして必須の観察能力。その質の向上には何が必要か。これを知りたければ、シャーロック・ホームズの物語を精読してみることである。名探偵ホームズは、自分自身が応接している相手が、一体どのような人物であるのかを知りえる、驚異的な能力を備えている。その秘訣は、注意深い観察力にある。作者コナン・ドイルは、シリーズのどの物語においても、労を惜しむことなく、読者にこれを説明してくれている。シャーロック・ホームズの行動に、偶然任せということはありえない。そんな名探偵が推理力を働かせる時、最も頼りにするのはいったい何か。それは、人の目に見えない何か特別な神秘的な能力などではない。ホームズはひたすら「何一つ見落とさない、注意深い観察力」、これを自身の内に育ててきたのである。このホームズの観察力こそ、我々セールスマンが身につけねばならない能力である。これがあって初めて、我々はお客様のことが理解できるようになるのである…。

以上見てきたように、教育現場、セールスの現場、実社会の司法・捜査の現場等々、ホームズ的方法論は、およそあらゆる分野の仕事に応用が可能です。それが古風な商売であっても、また、現代的ビジネスであっても、同じなのです。

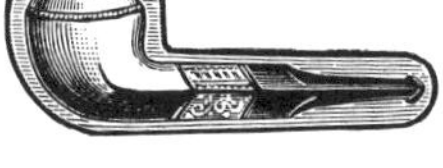

第23章 具体性のある夢を心に描け

「ホームズは実在の人物だ」、多くの読者がそう信じていました。その証拠の一つに「ホームズさんのサインが欲しいのですけれど…」という手紙を同封の上で、読者からサイン帳が送られて来ることが珍しくありませんでした。

――サー・アーサー・コナン・ドイル

「非常に多くの（シリーズ）愛読者が、ホームズは実在の人物だと信じ込んでいることに驚きました」。描かれた人物像が躍動的で現実味を帯びているため、物語に夢中になった読者の頭の中では、主人公が本の頁から踊り出て、現実の人物として像を結び始める。そういうことが実際にあるのです。一九一七年、コナン・ドイルは雑誌『ストランド』誌上にエッセイを寄稿し、数ある自作の中でも最高のキャラクター、シャーロック・ホームズを生み出した時のことについて、次のように回想しています。

「ホームズは実在の人物だ」、多くの読者がそう信じていました。その面白い証拠をいくつかご紹介してみましょう。まず、「ホームズさんのサインが欲しいのですけれど…」そんな手紙同封で、読者からサイン帳が送られて来ることが珍しくありませんでした。誌上で「ホームズは引退してサウスダウンズで養蜂を営みながらのんびり余生を送るつもりのようである」と書いたところ、「お手伝いしたい」という手紙を何通かもらったこともあります。お一人の方はこんな内容でした。「田舎の別荘で、クリスマスの準備なんかで、シャーロック・ホームズさんは家政婦を必要としていらっしゃらないかしら。静かな田舎暮らしを愛し、養蜂が大好きな、物静かな古風な女性をご紹介できますけれど…」。また、直接ホームズ宛になっている一通には、こんなのもありました。「いくつかの朝刊の記事にて、貴方様が引退して養蜂をしながら余生を送られるということを知りました。もしこの記事が間違いでなければ、養蜂に関して必要な専門知識をご教示申し上げる用意がございます。長い間貴殿の活躍を楽しませていただいたことに対する、ほんのお返しのつもりでございます。必ずやこの手紙を貴方様が真剣にお読みくださるものと信じております」。また、あれこれ個人的な相談事があるので、ホームズに連絡を取り次いでほしい、という依頼の手紙も沢山届いていています。

もちろん、物語の登場人物が実在の人物のように思い込まれるというケースは、何もホームズの場合に限ったことではありません。マクスウェル・グラントという筆名で活躍した小説家ウォルター・B・ギブソン[42]は、一九三〇年代に、日々犯罪に立ち向かう有名な「ザ・シャドー（影）」を主人公とする作品を多く書いたことで知られます。ひたすら創作にのめり込んで、シリーズの作品数、なんと三百冊以上。これだけの作品をギブソンは、グリニッチ・ヴィレッジ（ニューヨーク）のアパートの一室で書き続けました。その結果、作家の死後、ある伝説が生まれています。作家の部屋の隣の住人が「ザ・シャドー」に恐ろしいほどよく似た大柄な人物」に取り憑かれてしまった、というのです。ハドソンは作家として、あまりにも主人公の創作にのめり込み過ぎた。そのため、自身の想像力と集中力によって、無意識のうちに奇怪な亡霊を生み出してしまったのではないか。超常現象の専門家はそう推理しています。「物語の力」がどれほど凄いものか。その凄さを知るには、なにもシャドーのような奇怪な亡霊の話を信じる必要などありません。本書を読むだけで十分！　作家の生き生きとした想像力と、人物を立体的に描き出す筆力。これによりコナン・ドイルとギブソンは共に、本の頁から飛び出してくるような、存在感のある主人公を創造することに成功しています。そのホームズ像は、型にはまったスーパー・ヒーローなどではありません。誠に優秀な頭脳の持ち主でありながらも、感情の起伏が激しく、心に傷を負ったコカインの常習者。そのような人として実際にありそうなキャラクターで登場します。それだけに彼の発する言葉は、一八八七年と同様今日でも「なかなか個性的」と思われるに違いありません。たとえあなたが、シャーロック・ホームズの物語を一度も読んだことがなかったとしても、その言葉は、

42 Walter Brown Gibson（一八九七－一九八五）。プロのマジシャンにして小説家。奇術、心理現象、犯罪などを主題とする作品で、特に一九三〇－四〇年代に活躍した。

それなりの重みを持って心に響いてくるはずです。

さて、自分自身のゴールを達成するためには何が必要か。それは、シャーロック・ホームズを産み出すにあたってコナン・ドイルが注ぎ込んだものと同じくらい、豊かな想像力と独創性です。まず、自分自身の目標を設定するにあたっては、明確で、詳細で、具体的でなければなりません。そしてその目標には、あなた自身の個性が反映されていることが大切です。その目標が実際に形のある具体的なものであるならば、これが実現した時、自分の手でその重みを感じ取れるほどのレベルまで、これを具体的に心に思い描いてみる。その感触、その味わい、叩いてみた時に出る音までも。もし、その目標が、たとえば「会社での昇進」というように、抽象的なことであるならば、その地位に至った時どんな風に変化するかを想像してみる。たとえあなた自身が、いわゆる「クリエイティブなタイプ」でなかったとしても、数字くらいは描くことが出来ますよね。ならば自分の目標とする数値を、黒のサインペンなり鉛筆で、その数字の外枠を描いてみる。そして、その数字のまだ空っぽの内側を色鮮やかな色でうめてみる。それこそ眼が痛くなるほど鮮やかな色彩で、これを塗り尽くしてみる。すると、すぐに思い始めるはずです、この数値は達成できるリアルな目標だと。思ったよりもゴールの達成は近い、と。

第24章 停滞感をぶち破れ

生きるってことは、目一杯、頭を使うことさ。それ以外に生きる目的なんてない。
――『四つの署名』

人生一つ所に落ち着くことを知らず、常に新たなチャレンジ精神を失わず、怠け心に妥協しない…そんな資質のあれやこれや。これは、全米プロバスケットボールNBAで活躍したマイケル・ジョーダンやドナルド・トランプ[43]から、アーサー・コナン・ドイルやシャーロック・ホームズに至るまで、傑出した存在の個人に共通して見られる資質です。何事においても勝者となるような人たちは、常に、より厳しい挑戦と新たなチャンスを追い求めることに貪欲です。

たとえば、コナン・ドイルです。一八九〇年、ドイルは三一歳。医師として働きながら、妻と誕生したばかりの長女を養うという暮らしの中で、既にシャーロック・ホームズ・シリーズの最初の数篇を世に問い、それなりの成功を収めている、という状況です。それがこの年、新たに人生を賭けてみる価値ありと信じた彼は、この安定した一般医という職を投げ打ち、

43 Donald John Trump, Sr.（一九四六－）。ニューヨークに拠点を置く米国の実業家で、特に不動産開発事業で知られる。個性的な言行でメディアの話題になることも多い有名人。

新しい分野に頭から飛び込んでいきます。当時まだ発展し始めたばかりの「眼科外科」・「眼科専門医」という専門分野です。この新しい専門分野を深く学ぶため、ドイルは一家を率いて英国からウィーン、さらにはパリへと引越しを重ね、再びロンドンに戻って、新しく診療所を開設するに至ります。その間、検眼技術の研究に邁進する一方で、ドイルは凄まじい勢いで執筆を続けていきます。文字数三万語の短編『ラッフルズ・ホーの奇蹟』を書き上げ、これと並行して、数えきれないほどの短編小説を創作し、さらには長編歴史小説の草稿を仕上げているのです。

コナン・ドイルの知的探究心が留まるところを知らぬことは、他の天才たちと同様です。医学研究と探偵物語の執筆に加えて、心霊主義や冥界接触の研究、さらには、妖精の研究に没頭した時期もあります。シャーロック・ホームズ・シリーズ最初の数篇が出版された後まもなくして、ドイルは二年間をかけて、次の作品準備のための調査研究を行うことを決断します。研究対象は一四世紀イングランド、エドワード三世の時代[44]。この時代は、それまでの作家が誰一人きちんとした形で作品化していない、ドイルはそう考えていたのです。一八九二年のインタビューで、それほどの大作に挑む理由を尋ねられた彼は、ただひと言、こう答えています、「自分の能力の限界を試してみよう、そう心に決めたのです」。

こうした背景を思えば、名探偵シャーロック・ホームズが、一つ所に留まるところを知らぬチャレンジ精神の持ち主であることに驚きはありません。ホームズにとって「退屈」とい

44 ドイルの歴史小説としては、エドワード三世時代（在位：一三二七－一三七七）の「英仏百年戦争」を舞台とする歴史物語 *The White Company*（『白衣の騎士団』）と *Sir Nigel*（『ナイジェル卿の冒険』）の二作が知られている。一六七頁のコラムも参照。

う言葉は、そのまま「死」を意味しました。「刺激（アドレナリン）依存症」、そう呼んでも構わないほどです。『四つの署名』の中でホームズはワトソンに、こんなふうに語りかけます。

「僕の場合、日々変化がないのは耐えられない、そういう気持ちがすごく強いんだ。新たに解決すべき問題に挑戦したいし、世界一難しい暗号文を解いてみたい。さもなければ、それまで出会ったこともないような複雑な調査分析を読んでみたい。ひたすらそんな感じさ。そういうことに熱中している時こそが、僕にとっては、平常心が保たれる状態ということになる。要するに、決まりきったルーティンに身を任せるくらいなら、死んだほうがまし、ということさ。常に気持ちを高ぶらせていたいんだ。だからこそ、この探偵という職業に就いた、というか、捜査コンサルタント探偵という仕事を新たに開拓したわけさ。そんな探偵は世界で僕一人だけだからね」。

この「捜査コンサルタント探偵という仕事を新たに開拓したわけさ」という言葉は、重要ではないでしょうか。彼は常に強い知的な刺激を必要としていた。そのため、たとえば一般の九時～五時の仕事に就いて世間並みの暮らしをするなんてことでは、その強い欲求を満足させることはとうてい無理だった。そうである以上ホームズは、独自の道を切り拓いて行く他なかった。こうして彼は、自分独自の新たな世界を創りあげたわけです。

後の作品『ウィスタリア荘』では、こんな場面があります。事件と事件の間のつかの間のやすらぎのひととき。そんな日の午後、ワトソンとホームズの二人は遅いお昼を共にする。そこでホームズは、こんな話を始めます。

「ねえ、ワトソン君。カラザース大佐の事件の後、僕が暇を持て余してうんざりしていることとは、君もよく知っての通りだよ。仕事がない時、僕の精神はどこにも繋がれていない単体の高性能エンジンみたいなことになる。それで何かを動かすという、エンジンが役立てられるべき「目的」というものがないわけだから、下手をすると、意味もなく猛回転しながらバラバラになりかねない状態だね。それにしても、人生なんてつまらないものだね。新聞を読んでみたって大した記事は出ていないし、犯罪の世界だって、大胆でわくわくするような犯行は永遠に姿を消してしまったみたいじゃないか。いや、どんな些細な事柄だって構わないから、何かこれまでにない新しい問題の解決に手を貸してくれって依頼なら、受けるも何も、君が聞くまでもないよ」。

こうしたホームズの言葉から得られる教訓は明らかです。もし何か突出した成果を達成したいのであれば、自分の精神を「成果達成のために必要な仕事」に向けて方向づけることが必要です。既に何度も繰り返し見てきたように、ホームズは、「自分にとって幸せとは何か」、また、「何をもってして人生の目的とするのか」、ということを正確に把握しています。だからこそホームズは、膨大な知識を武器としながら、その持てるエネルギーのすべてを、これらゴール達成のために振り向けることができるのです。

何のために、自分は生まれてきたのか。もし、あなた自身、すでにその目的がわかっているのであれば、ホームズが事件解決に注ぐのと同じくらいのエネルギーをもって、その達成に向けて歩んでいくべきです。しかし、ここで大切なのは、コナン・ドイル自身が行ったと同じように、一人で二役、三役の仕事を長時間こなしていく覚悟が必要だということ。今の仕事をすぐに辞めて夢に賭ける、なんていうのはだめです。

しかし、もし、自分自身の人生で何をすべきか、確たる手がかりが見つからない、というのであればどうすべきか。ホームズが捜査探偵業に注ぎ込むのと同じほどの、火の出るような情熱をもって、手探りでこれを探し続けなければいけません。いつか必ず、自分の人生を賭けてみたいと思う何かが見つかるはずです。そのためにも、一度自分自身のスキルと能力について、棚おろしをしてみることをお勧めします。自分は何が出来るのか。リストを作って、これを「これから着手したい第二の仕事」にいかに役立てることが出来るか考えてみる。あなたが情熱的な気質に生まれついていなかったとしても、それは必ずしも、情熱を注ぐ対象が見つからない、ということではありません。ここで何を目標とするにせよ、とにかく前進し続ける。このことが大切です。「停滞感を打破しよう」、このホームズの言葉を思い出してください。自身の内部を動かす内燃機関がエンストを起こさないよう気をつけてください。必ずや「この仕事に進みたい」「この分野を深く研究してみたい」、そんな具体的な目標が見つかるはずです。そして、気がつけば、その目標達成めざして夢中になっている自分がそこにいる。そうなればしめたもの。さらに進んで、昼日中でもゴール達成の可能性を夢見るほどになっていく。くだらないテレビなんて消して、自ら進んで目標達成に必要な読書を重ねるようになる。ここまでに至ればもう大丈夫。あなたは、自分の心の内側に「ホームズ精神」を体得したのも同然です。

さて、名探偵ホームズの言葉と行動を吟味してみると、あることに気づきます。それは、ホームズの言行が、生きる上で自己啓発の大切さを説いた、当時の代表的な思想家たちが説く理想ときわめて近い、ということ。この点が、ホームズの物語を読むにあたっての大きな魅力の一つとなっています。両者の類似性の高さを思えば、作者コナン・ドイルが実際に、これら思想家たちの著作に親しんでいたと考えざるをえません。たとえば、オリソン・スウェット・マーデンを取り上げてみましょう。マーデンは二〇世紀初頭にその講演や著作で、「人間たるもの、自己の狭い殻を打ち破って、より大きな世界を目指して努力すべし」と訴え続けた思想家として知られます。ここで、一八九四年の著書『前進あるのみ』の中から、いくつか言葉を抜き出して挙げてみます。これを読むと、なんだか、ある英国の探偵の言葉が思い出されてくるように思いますが、いかがですか。

人間、自身の様々な能力を奮い立たせ、持って生まれた素質のすべてを、今取り掛かっている仕事に集中してみることだ。その集中の程度が、「仕事と心が一つになる水準」に至って初めて、人はこの社会の中で、自分自身の居場所を見つけることができる。それはすなわち「寝床の中にまでこうした熱い思いを持ち込む程までに」と言い換えてもいい。

結婚生活においては、ただ夫婦愛のみが唯一の絆であり、これがあってこそ、夫婦間の困難を乗り越え、両者の摩擦や苛立ちを解消することもできる。商人を筆頭に、およそ世間のあらゆる職業で経験するような困難は、その百のうち九十五までは、「仕事への愛」さえあれば、これを間違いなく無事に克服することができる。このことは夫婦愛と同様である。

要は「汝の心が惹かれる道を行け」ということである。自分の内部に秘められた強い欲求に対して、いつまでも抵抗し続けることなど、できはしない。時には両親や友人の言動により、また時には不幸な出来事が起きたりして、自分の内部にある欲求を抑える形で、やりたくもないことをやらざるをえないということはあるかもしれない。しかし、火山活動のように、心の奥底で燃え続ける本能のマグマは、いつの日か表層を貫き、灼熱の奔流となって地表に噴出してくるものである。このことは、音楽にせよ、美術にせよ、何らかの事業にせよ、同じである。

未だ心のマグマが熱くなって来ない？　そういう人には、最後にひと言。「成功は必ずしも容易に、また短期間のうちに訪れるに非ず」。コナン・ドイルは長年に渡り、医師と作家、この二つの仕事を両立させるべく努力を重ねてきた人です。あるインタビューで、作家一本で立つ前の時代を回想して、こう語っています。「昼間は医師です。夜、空いた時間を使って、少しずつ原稿を書いてきました」。コナン・ドイルほどの人にして、医師を辞めて後に初めて、すべての時間を創作に当てることができるようになったのです。シャーロック・ホームズ・シリーズに着手する以前、ドイルは数十作の小説を手がけています。その大半は、わずかな額の原稿料で雑誌に買われています。そんな安い原稿料でも、書くことを止めなかったのですから。

第25章 ノーベリーの大失敗を忘れるな

ワトソン君、頼みがある。僕が自分の能力に自信過剰で天狗になっているとか、また、事件解決のために労を惜しんでいるなんて感じることがあったなら、僕の耳元でこの言葉を囁いてくれないか、「ノーベリー」と。そうしてくれたなら、一生感謝するよ。

――『黄色い顔』

ホームズは、極端なまでの自信の持ち主ですが、これを健全な謙虚さで補うことでバランスを取っていました。いかに頭脳明晰であったとしても、それは必ずしも、常に正しい決定を下すことにはつながらない。彼はそのことを熟知していました。

一八九三年『ストランド』誌に発表された「黄色い顔」で、コナン・ドイルはそれまでの作品にはなかった「失敗」という新たな課題をホームズに与えています。ある日ホームズとワトソンの許に、ロンドン郊外の小さな村落ノーベリーに住む、グラント・マンロー氏が訪れる。氏の妻であるエフィーの行動がおかしい、というのです。氏は妻の浮気を疑っているのですが、確たる証拠がない。ただ、妻が定期的に訪れる小さなコテージに住む、顔をマスクで覆った奇怪な男が怪しいと睨んでいる、というのです。その妻は以前一度、アメリカで結婚していたことがある。妻は、その時の夫は既に黄熱病で死亡していると言っていたのですが、前の夫の存在を知ったホームズは即座に、奇怪なマスクの男は、その最初の夫であると断定します。ホームズにとっては、何もかも当然過ぎるほど当然、と思われたからです。ところが、いざ「マスクの男」が捕らえられてみれば、それは妻エフィーの年若い愛娘であることが判明します。以下はエフィーの告白です。「最初の夫は間違いなく死んでいます。ただ、夫は黒人でしたので、娘は混血児なのです。一度黒人と結婚したことのある女だと知れば、今の夫は私を離縁するに違いない。なので今の夫には、娘の存在を隠し通すことにしたのです」。ところが実際には、夫のグラント・マンロー氏は、「その小さな娘を抱き上げてキスし、片方の手で娘を抱き、もう片方の手を妻に差し出して、ドアに向かって歩いて行く」ことになるのです。

この物語は、異人種間の婚姻という厄介な問題を取り扱ったことで知られるだけではなく、同時に、当時の英国（一八九三年）における因習的な人種差別観に対して、強く反対する立場を打ち出したことでも知られる作品です。[45] ホームズとワトソンは、家族が一つになる様を見て喜びにひたります。しかし、ノーベリーからの帰途の馬車の中で、ホームズはワトソンに、自分が探偵として自信過剰になっていると感じたらこれを戒めて欲しい、と頼みます。事件を解決するにあたっては、自負心に左右されることなく、検証と事実のみから論理を組

45 英本土・アフリカ・北米並びにカリブ海諸地域を結ぶ奴隷貿易で中心的な役割を果たしてきた大英帝国では、一八世紀末から奴隷廃止運動が盛んになり始める。その結果、一八〇七年に奴隷貿易法、続いて、一八三三年に奴隷制度廃止法が制定され、これにより一八三四年には大英帝国内におけるすべての奴隷が解放されている。ただし、いまだに英国社会の一部に有色人種への偏見が根強く残ることを思えば、一八九三年という時点で本作品「黄色い顔」が、英国社会に大きなインパクトをもたらしたであろうことは想像に難くない。

み立て、推理すべし。以後「ノーベリー」という言葉は、二人の間で、ホームズにこの基本を思い出させるための秘密のパスワードとなります。

ホームズは失敗を引きずることはありません（第6章参照）。しかし、これを無視することもしません。うまく行かなかった点を分析してみれば、いかなる場合であっても、失敗には学ぶべき教訓が見つかる。推理小説における誤った推理と同様に、自己過信は惨めな結末を招きかねません。重要なのは、私達は人生でこれと同じ間違いを犯しがちだという点です。自分のことは、誰よりも自分自身がよくわかっていますよね。至らぬ点や、感情に左右されて何度も失敗を重ねてきた点も含めて。自分のどこに問題があるのかが明らかになれば、つまらぬ自尊心の暴走を抑えることができるはずです。これこそがあなたにとっての「ノーベリー」なのです。また、他の人が暴走しかけたら自分と同様にこれを抑えてあげることは、もっと大切かもしれません。

第26章 才能だけでは道は開けない

もし捜査の仕事が、肘掛け椅子に座ってあれこれ推理考察するだけで済むものならば、私の兄こそは世界一の犯罪捜査官さ。ところが、兄には野心もなければ、行動力もまったくないからね。

――『ギリシア語通訳』

「正典」シャーロック・ホームズ・シリーズの中で最も興味深い登場人物は誰かと言えば、名探偵の兄、マイクロフトではないでしょうか。その登場の機会が限られているうえ、この人物について読者は、ごくわずかな情報しか与えられていません。しかし、コナン・ドイルはその人物像について、物語のいくつかの箇所で、見過ごすことのできないなかなか興味深い描き方をしています。

『ギリシア語通訳』からのひとコマです。穏やかな夏の宵、お茶の後のひととき。ワトソンとホームズは、「素質か環境か」ということについて議論を始めます。仮に、ある分野で才能に恵まれた人間がいたとする。その才能ははたして遺伝的な形質から得られたものか、それとも本人の努力によるものなのか。ワトソンの意見では、ホームズの観察力と推理力の才能は、徹底した訓練の賜物であるといいます。これに対しホームズは、それがある程度は事実であることを認めた上で、しかし、かなり大きな部分は遺伝的なものでもある、と応じます。その上で、自分の兄の方がホームズ自身よりも、探偵としてははるかに優れた資質に恵まれている、と断言するのです。

その通りなのです。知的能力に関しては、マイクロフトはシャーロックよりも、はるかに優れた才能の持ち主なのです。ホームズのこのような告白を聞いたワトソンは、我々同様驚いて、こう尋ねます。もし、マイクロフトがそれほどまでに優秀であるならば、世間でその名前さえ出ることがないのはなぜなのかと。ホームズはこう答えます。

「確かに兄は、観察力と推理力では、僕より優れている。もし捜査の仕事が、肘掛け椅子に座ってあれこれ推理考察するだけで済むものならば、私の兄こそは世界一の犯罪捜査官さ。ところが、兄には野心もなければ、行動力もまったくないからね。自分の推理に基づく結論が正しいかどうか、これを検証しに現場に行くなんて決してしない。「自分の推理が正しいことを証明する」、そんな面倒くさいことをするくらいなら、いっそ、自分の考えが間違っていると世間から思われる方がマシ、というくらい非活動的な男なんだ。これまで兄貴のもとに何度、事件解決の相談に行ったか数えきれないほどだよ。驚いたことに、兄貴の助言はいつだって、後になると、それが正しいものだったと判明する。それにもかかわらず兄は、判事や陪審の許に事件が持ち出される前に必要となる、あれこれ実務的な手続きや書類仕事については、これはもう、まったく処理能力ゼロなのさ。

このように、山ほどの才能に恵まれていながら、野心と行動力をまったく欠いている。そういう人々は、決して珍しい存在ではありません。高度な音楽の才能、きわめて優れた運動能力。そうした才能に恵まれながら、その才能を伸ばす努力をまったくしない。この手の人達は天賦の才能の力である程度のところまでは行きます。しかし才能だけでは、その到達点は知れたものです。ホームズは、マイクロフトほどには才能に恵まれていません。しかしながら、徹底した勉学を果てしなく重ねていくことで、精神の筋力を鍛え続けます。その結果として、優れた才能を持つ兄をさえ驚かせることになる「生ける伝説」と呼ぶべき存在となっていくのです。

突出した成果を挙げる人々を精査した神経科学者ダニエル・レヴィティン[46]によれば、真に世界水準と呼べるようなアーティスト、音楽家、運動選手となるためには、「およそ十年間という期間内に一万時間の修練が必要」とのこと。マルコム・グラッドウェル[47]は、その著書『天才! 成功する人々の法則』の中で、このレヴィティンの研究結果に触れ、「この一万時間の法則は誰にでも当てはまる。たとえその人が、我々の目から見て天賦の際に恵まれた天

46 Daniel J. Levitin（一九五七―）著作『音楽好きな脳』で知られる認知心理学・神経科学のアメリカ人研究者。同時に作曲家にしてミュージシャンでもある。
47 Malcolm T. Gladwell（一九六三―）『ティッピング・ポイント』『急に売れ始めるにはワケがある』等のベストセラーで知られるジャーナリスト。『W・ポスト』紙を経て雑誌『ニューヨーカー』の記者。

才と思えるような人であっても同じことである」と述べています。ザ・ビートルズ、チェスのボビー・フィッシャー[48]、ビル・ゲイツのような人たちでさえ、それぞれの分野で、この法則に匹敵する時間を注ぎ込んで初めて、ようやく名人の域に達しているのです。

この事実は、見方次第で、我々一般人にとって勇気づけられる話にもなれば、また、その逆の話にもなりえます。もし、ある分野で初心者としてスタートしたばかりだとします。であれば、その道で一番と認められるまでには、これから先に一万時間という、ひたすら長い道のりが待ち構えている、ということになります。しかし同時に、希望もあります。なぜなら、この同じ「一万時間の法則」は、誰にでも平等に応用可能だからです。遺伝的に天賦の才に恵まれているか否か、そんなことには関係なく、とにかく一万時間頑張れば、必ずモノになる。マネジメントの教祖ピーター・ドラッカーによれば、仕事人間として有能であるかどうかは、頭脳の優秀さや想像力の豊かさ、などという要素とはあまり関係がない、といいます。高度に知的な頭脳の持ち主は、往々にして「呆れるほど仕事において無能」という場合が多い。というのも、この手の人達は、自身の才能をうまく制御し、一定の方向に焦点を合わせていくということができにくいからだ、というのです。

コナン・ドイルは、アーティストや作家・知識人を輩出している家系の出身です。真に才能に恵まれた人々を輩出している家系です。それだけにドイルは、人間の天賦の才能に関して深く研究し、その過程で、「人間、才能だけでは、十分ではない」ということを実感する

48 Bobby Fisher（一九四三―二〇〇八）はシカゴ生まれのチェスの世界チャンピオン（一九七二―七五）。奇行で知られ、後半生において世界を転々と旅して巡り、晩年は日本人女性と事実婚関係にあったことが話題になった。

に至ります。シャーロック・ホームズは、そんなドイルが生み出した物語の主人公です。名探偵が、ドイル自身のこうした背景を反映する形で、「天賦の才能」＋「努力」＋「強い目的意識」という三つの要素を最良の形で兼ね備えた主人公として誕生したのは、ごく自然のことと言えるでしょう。

もうおわかりでしょう、兄マイクロフトの道を行くべきか、それともシャーロックになるべきか。選択に迷いはないはずです。人間誰しも、少なくとも一つくらいは、持って生まれて得意とする才能があるものです。たとえば、オーブン料理、自転車乗り、はたまた企業経営。問題は、その才能をいかに活かしていくか、ということに尽きます。

第27章

ユーモア精神を忘れずに

「いまのお話の中で、特に私（警部）が注意すべき点は何かありますか？」

「あの夜、犬がちょっと妙な感じだったことさ」

「あの夜ばかりは、犬はひと吠えすることもなかったはずですが…」

「それこそが奇妙なことじゃないか」とシャーロック・ホームズは言うのだった。

――『白銀号事件』

コナン・ドイルは長い時間をかけ、大変な努力を重ねて、シャーロック・ホームズの物語を書き上げています。ドイルのミステリーは、あたかもタペストリーのように、ストーリーが複雑に織り込まれているため、大きな文学的名声を勝ち得ると同時に、批評家からも高い評価を獲得しています。

しかし、その作品世界のすべてを通して、健全なユーモアのセンスを忘れてはいませんでした。シャーロック・ホームズの物語が文学の世界に登場するやいなや、一躍有名になった名探偵をからかうようなパロディーがあれこれ登場し始めます。その多くは、「ありえない！」

と思われるほどのホームズの的確な捜査能力と、その過剰なほどの自信家ぶりを風刺するものです。ドイル本人は当然、真剣に仕事に取り組んでいたわけですが、時にはこうしたパロディーを目にして、自分自身を笑い飛ばし、また、自身の作品を笑いの対象にできるほど心の余裕がありました。こうしたパロディーの中には、ドイルの友人であり、『ピーター・パン』の作者でもあるJ・M・バリー[49]が書いたものもあります。コナン・ドイルは、これがとても気に入り、ドイルが寄稿する雑誌記事の中で、このパロディー作品を再掲載してもらっているほどです。

こうした自身への風刺に対して、ドイルはこれに怒ったり、また、真面目な批判と受け止めたりはしませんでした。それどころか、自ら進んで、シャーロック・ホームズのパロディーを二篇も書いています。どちらもホームズとワトソンの関係を面白おかしく茶化したもので、特にワトソンについては、ことあるごとにホームズがその頭の良さをひけらかすのにいささかうんざりしている男として描かれています。ワトソンを、ホームズの力強く有能なパートナーとして描く一方で、一般読者の間で言われる「医師でありながら、なんとなくシャープさに欠けていて、ぱっとしない男」というイメージに合うように、敢えて茶化して描いていたりするのです。ドイル自身による最初のパロディー作品『競技場バザー』では、ワトソンが投げかけた質問に対してホームズは次のように答えています。

49 Sir James Matthew Barrie（一八六〇－一九三七）。エディンバラ大学卒業後、新聞記者を経て戯曲『ピーター・パン』他の作品で大成功。一九一三年に准男爵に叙せられ、セント・アンドリューズ大学学長（一九一九－二二）を務める。自作の喜歌劇の台本の手直しを依頼するほどドイルとは親交が深かった。

「それはいかにも君らしい質問だね、ワトソン君。もし鋭い頭脳の持ち主という評判が僕にあるとすれば、それは君という対照的な、いわば引き立て役があってこそだと思うと言っても、君は怒らないよね。社交界デビューのパーティーに出席する令嬢は、連れの相手にあまり目立たない男を選ぶという話だよね。共通点があるだろ」。

その同じパロディー作品の後半では、ホームズはこんなことをワトソン医師に言ったりします。「本当のことを言えばワトソン君、君を見ていると飽きないいんだよね。君は頭の働き方は多少遅い感じもするけれど、外部からの刺激にはすぐに反応して顔色が変わる。それはもう一目瞭然の変わり様だからね。だから、朝食を取りながら『タイムズ』紙のトップニュースを読むよりも、君の表情の変化を読み取る方が簡単なくらいさ」。

自作さえ笑い飛ばせるという健全なユーモア精神は、何か問題が起きたり、予期せぬ事態に直面する時にこそ役立ちます。張り詰めて緊張した状況であっても、あなたのユーモア精神一つで周囲の人々の心が和らぎ、余裕が生まれる。「ユーモア精神のない人間は、スプリングなしの荷馬車のようなものだ。馬車が道の小石一つ越えるたびに、不快な揺れがガツンと来る。笑いを忘れない人間は、よくスプリングの効いた軽快四輪馬車みたいなもので、どれほど荒れた道も平気だし、揺れたとしても安楽椅子の心地良さである」ヘンリー・ワード・ビーチャー[50]の言葉です。

ところで、万が一にもあなたが大きな成功を収めたとしましょう。すると誰もがお世辞を

---

50 Henry Ward Beecher（一八一三－一八八七）アメリカの会衆派教会の

振りまきながら擦り寄ってきます。そんな時、自分自身をコミカルに眺める視点があれば、お世辞に舞い上がることなく、地に足が着いた状態を保てるものです。また、謙虚な人々は、お世辞に対して素早くジョークで対応します。たとえば、連邦裁判所判事のハロルド・R・メディナ[51]は、自身の経験を笑う形でこんなことを言っています。「裁判の過程がいよいよ最終段階を迎える段に到ると、判事には裁判の両当事者から山ほどのお世辞が降り注いでくる。わずかでもそんなお世辞に心を動かされることがあるようでは、魂を売り渡したのも同然だね」。

コナン・ドイルは晩年、熱心なホームズ物語のファンに取り囲まれて、判事と似た状況に置かれます。が、自身への世辞に浮かれることはありませんでした。また、様々な風刺やパロディーに対して、ホームズのオリジナル・イメージを守るべく必死に戦う、なんてこともしていません。むしろ、大衆と同じ視線で、名探偵ホームズをコミカルな笑いの対象としています。そうすることで重苦しさを吹き飛ばし、人生の荷を軽くし、また同時に、作家として世間的なイメージを高めることに成功しています。

牧師で説教の見事さで知られた。

51 Harold Raymond Medina（一八八八－一九九〇）。プリンストン大学を優等で卒業後コロンビア大学法科大学院を修了して法律家に。一九四七年トルーマン大統領により連邦裁判所判事に任命され、以後数々の重要裁判で判事を務めた。

第28章 高い集中力を養え

シャーロック・ホームズは、こうした臭いを嗅ぎつけて熱くなると、一気に人が変わる。

——『ボスコム渓谷の惨劇』

「顔の美醜と同じで、人に集中力があるかないかは、天性のものである」。理由はいろいろですが、多くの人々はそう信じ込んでいます。しかし実際には、集中力は学習によって身につけることができます。周りの状況に関係なく、精神をある一点に集中させること。わずかな修練で、誰もがこれができるようになるのです。スポーツやビジネスからアートまで、一定水準の成功を収めたいと思うのであれば、高い集中力は必須の能力です。シャーロック・ホームズは、この点において見習うべき素晴らしいモデルです。コナン・ドイル描くところの、犯罪捜査に乗り出して熱くなっている名探偵の様子は、「高いモチベーションに支えられて行動する個人」の典型例です。『ボスコム渓谷の惨劇』での一場面を例として挙げてみましょう。

シャーロック・ホームズは、こうした臭いを嗅ぎつけて熱くなると、一気に人が変わる。ベイカー街の沈思黙考型の論理的人間という側面しか知らぬ人々の目には、別人かと見まがうほどだ。その顔が一瞬赤くなった後、暗い表情へと変化する。両の眉毛は固い一文字の線となり、その下にある二つの眼は、鋼鉄のような鋭い輝きを見せ始める。頭は前方に傾き、肩をかがめ、唇はきりりと結ばれる。長くたくましい首筋には、鞭の革紐を思わせるような静脈が浮き上がってくる。鼻腔は真に動物的な獲物追跡本能によって膨張し、精神は目の前にある事態そのものにただひたすら集中していく。この強い精神の集中状態に至ると、何か質問をぶつけたり言葉を投げかけたりしてみても、それに対しては、即座に苛立ちを含む短い唸り声が返ってくるのみ、という状況になるのだ。

このようにシャーロック・ホームズは、いったん意識の集中状態に入ると、自分自身の周囲で起きているあらゆることをシャットアウトできる能力がある。まさに、この能力のおかげで、ホームズは探偵として成功を収めることができたわけです。たとえばロンドン警視庁の刑事たちは、なにかとホームズに苛立ちの原因を持ち込むだけでなく、常に早期の事件解決を迫ってきます。その一方で、精神的に参っている事件の被害者の存在もあります。そうしたあれこれの精神的ストレスの重圧は、時にワトソンでさえ逃げ出したくなるほどのものがあるのですが、ホームズは、こうした周囲の状況をシャットアウトすることで、難局を耐え抜いていくことができるのです。

結局のところ私たちは、意識を集中すべき対象を選ぶ必要があり、誰しもその選択を迫られます。その選択は、単純でありながらも非常に難しいものです。人間の意識は、一度に一つの事柄にしか集中できません。目は二つありますが、これは二つで一組。どちらか片方が左を見れば、もう片方もまた同じく左を見ることになる。人は誰しも、一つのものに焦点を合わせるように生まれているのです。実際には、眠っていない限り、常に私たちは何かに気持ちが向かっています。何も考えず、どこにも心が向かっていないなんて、まずありえません。「無心になること」が難しいことはご存知ですよね。このことは神の恵みであると同時に、悪魔の呪いでもあります。自身の人生にとって真に大切なことに心を集中することができるかどうか。それとも、的はずれな目的に心を奪われることになってしまうかどうか。その心の向かう所、心を集中する対象次第で、人生は変わります。自分自身で立てた目標に精神を集中して、これにできる限りの情熱を注ぎ込む。その度合が高まれば高まるほど、これに応じて精神の集中も、より容易にできるようになっていくはずです。

コラム 4.「ホームズの作者」と呼ばないでくれ

1924年、コナン・ドイルは65歳にして自伝『回想と冒険』を世に送り出します。既に功成り名を遂げた大作家が、自らの半生を振り返り、それまでに経験した波瀾万丈、自己の作品に対する評価、出会った人々の寸評等々を率直に語った、とても魅力的な自伝です。この中でドイルは、自らの作品に対する世間からの評価について、見過ごす訳にはいかない重要な告白をおこなっています。

「私が作家として、心血を注いで書きたかったのは、歴史物語である。それは騎士道精神溢れる誇り高き男たちが命がけで人生を生き抜く波瀾万丈であり、ある歴史的な瞬間とその時代を、十分に資料を精査して描き出すという、作家としての力量を賭けた作品だ。その意味で、苦心の上に完成させた『白衣の騎士団』(1891)と『ナイジェル卿の冒険』(1905-6)の二作品こそ、自分の代表作として読者に評価してもらいたいのだ。」

これが、名探偵ホームズによって世界的に名声を確立した後、何十年も経ってからの発言であることを思うと、なかなか辛いものがあります。ドイル本人は「あの名探偵シャーロック・ホームズの生みの親」と呼ばれ、そのシリーズを以って自己の代表作とされることが決して嬉しくはなかったのです。ホームズ・シリーズの評価が高まれば高まるほど、作家の内心には複雑な思いが増していったのでしょう。社会的な成功必ずしも、人生の満足をもたらすものにあらず。「どうして皆、分ってくれない!」大作家の悲痛な叫び声が聞こえてくるようです。

第29章 汝の敵を敬え

モリアーティーという男は「犯罪世界の皇帝ナポレオン」だぜ、ワトソン君。この大都市ロンドンで日々起きている悪事の半分、そして未だ表に出ない犯罪のほとんどすべては、奴が裏で糸を引いていると見ていい。奴は本物の天才で、哲学者といっていいくらい抽象的な思考ができる男さ。その頭脳といったら、これはもう、トップクラスだね。

――『最後の事件』

モリアーティー教授[52]は、シャーロック・ホームズの「天敵」と言っていい存在です。シリーズ後期のいくつかの物語に登場するだけなのに、その名は名探偵本人と同じくらい知れ渡っています。では、なぜモリアーティーは、それほどの敵役となりえているのか。それはこの男が、その能力においてホームズと同じか、時にこれを越えるほどの凄みを見せるからです。二人は互いに、本人の実像と、鏡に映し出される虚像のような関係にあります。その「正反対」と言っていい二人のライバル関係に、読者は心を引き付けられるのです。それはあたかも、互いに動きを予測して牽制し合う、チェスの名人同士の熾烈な戦いを見るがごときです。

52 ジェームズ・モリアーティー教授（Professor James Moriarty）は、飛び抜けた頭脳を持つ数学者であると同時に、様々な犯罪の黒幕でもあるという二面性が際立つ、シリーズ中でもきわめて重要な登場人物。ホームズとの頭脳対決は、シリーズ中でも傑出した緊張感があり、作家ドイルの人物造型の見事さの象徴的存在。

私たちは一生を通して様々な場面で、自分のライバルとなる存在に出会います。たとえば学生時代には、バスケットボールやサッカーのチームでポジションを巡って競い合う。学生演劇では、主役の座を得るために競い合う。大学入試では、全国の十代の若者と競い合う。社会に出てからも競争は続きます。競合他社の人間と競い合う。場合によっては自社内でも、昇進を巡って同僚と競い合う。また、家庭生活に関連して、学校のＰＴＡや地域の自治会の役職を巡って競い合う。

状況は様々ですが、ライバルを前にすると私たちは、平常心を失って感情的に行動しがちです。その戦いの過程では、いろいろなことが起こります。敵に手ひどく打ち負かされる。敵よりも不公平な扱いを受ける。敵側から情け容赦のない仕打ちを受ける。このようなとき、自己憐憫に陥るか、でなければ復讐を誓う、ということになりがちです。しかし、このどちらも、あまり生産的な対応とは言えません。こんなときには、ホームズの行動が良きお手本となるはず。感情的には受け入れがたくとも、そこはぐっとこらえる。「敵ながらお見事」というくらいの気持ちを持って、相手を出来る限り客観的に分析してみる。それだけが、いつか敵を打ち負かすに至る唯一の道です。

本章冒頭の引用文（『最後の事件』）を、もう一度お読みください。ここでホームズは、自分自身がこれまでに出会った中でも最も凶悪な悪漢について、「敵ながらお見事」という感情を込めて表現しています。しかも、そのモリアーティーについての名探偵の分析は、百パーセント正確で歪みがない。ホームズは、一切の色眼鏡なしの澄み切った目で、敵の「才能」を正確に読み取っているのです。ことの善悪はともかく、モリアーティーという「他者の偉業」をけなすことで、自分の小さなエゴを慰めるなんてことは一切しません。しかし、なぜホームズにはそれができるのか。理由は簡単です。敵を打倒して勝利を得るためには、自身の敵について隅々まで正確に知る必要がある。ホームズは、そのことを熟知しているのです。よりわかりやすく言えば、こういうことです。自分の弱点を認めた上で、「あいつほんと、強くて嫌になっちゃうよ。大した野郎だぜ、まったく！」という感じです。試合に勝ちたいと思うなら、実力をつける他に道はなし、ということです。

二千五百年以上昔、中国の軍略家である孫子は、今では古典となっている『孫子の兵法』を著しています。その一節にこうあります。

「敵の実情を知りまた自分自身をわきまえていれば、百回の戦を行なっても負けることはない。自分自身のみを知って、敵の実情を知らなければ、一勝するごとに一敗する。敵の実情を知らず、また、自分自身についても知らないとするならば、これ敗北あるのみ」（彼を知りて己を知れば、百戦して殆《あや》うからず。彼を知らずして己を知れば、一勝一負す。彼を知らず己を知らざれば、戦う毎《ごと》に必ず殆うし。）

自身の敵について、これをバカにしてあざ笑い、コケにすることは、楽しいことかもしれません。しかし、そんなことをいくらやってみても、敵を打ち負かすことにはつながりません。圧倒的な力を持った敵対者が目前に現れた時、神経に触る敵の声に惑わされてはいけません。また、勝てる見込みもないのに、自己満足の薄笑いを浮かべるなんてこともダメです。そんなことでは、ただただ壁際に追い詰められていくばかりです。まずは敵の実力、そのスキルと才能について、これを正確に分析する。特に、次のような点に注意してみるといいでしょう。自分にとって敵のどこが危険で、彼らの強みはどこにあるのか。一番優れている点は何か。得意とする専門分野はどういうものか。仮に敵が友であったと仮定して、他の人々にその「友」を紹介するとするなら、どのような人物像で紹介することになるか思い描いてみる。そして、こうした諸々の点をリストアップして客観化してみる。すると、敵は思いのほか、そう強力な存在ではないと判明するかもしれません。またその反対に、敵は当初の予想よりもはるかに強力な存在であることを実感することになる、という場合もあるでしょう。いずれにしても、こうした評価を行うことには意義があります。ボクシングの試合への出場を打診されたとき、誰だって相手の実力を調べてから、出場の有無を決定しますよね。歪みのない論理的な観点で、敵の実力を調べる。ここに精神を集中してみれば、必ずそれまで得られなかった知識が得られるはずです。これこそが、社会という戦場で戦うための成功戦略を立案する際の最初の一歩なのです。

第30章

過去の記憶は上手に管理する

ホームズは様々な資料、とりわけ過去に依頼を受けた事件に関する文書が棄損されることを恐れていた。とは言うものの、やる気を出して各事件について概要を作成し、書類に付してこれを整理する、なんてことはせいぜい年に一度、いや、二年に一度もあればいい方だった。

――『マスグレーヴ家の儀式』

私たちは過去に囚われることなく、未来志向で生きていくべき。誰もがそう思っていることでしょう。しかし、現実には、自分自身の過去の行動を振り返ってみることも大切です。じっさい、その振り返り方次第で、後の人生に与える影響は大きく変わってきます。

ホームズは基本的に溜め込み主義です。が、決して何でもかんでもというわけではありません。「これはほんとうに大切」と思う品々に限っての話です。『マスグレーヴ家の儀式』の中でワトソンは、ホームズの仕事場の様子についてこう語っています。

こうして日々書類の山が積み重なっていく。いつしか部屋の四隅には、びっしりと文字の書き込まれた書類の束が積み重ねられ、これが焼却処分に付されることはない。しかも、所有者であるホームズ以外、誰もこれに手を付けることはできないのだ。あれは、ある冬の夜、二人で暖炉脇に座っていた時のことだ。ホームズが書類からの抜き書きを備忘録に貼る作業を終えた頃合いを見計らって、思い切って、書類の山を整理したらどうかと勧めてみた。「これから二時間くらいかけて、この足の踏み場もないような部屋を、少しは暮らしやすくしてみたらどうなんだ」と。私のこの頼みに十分理由のあることをホームズが否定できるはずもない。途端に、なんとも情けない顔つきになって寝室へ向かうと、やがて大きなブリキの箱を引きずりながら居間に戻ってきた。ホームズは居間の中央に箱を置き、その前に置かれたスツールに腰をかけると、勢い良く箱の蓋を外した。中には赤いテープでくくられたいくつかの書類の束が積み込まれていて、箱の三分の一くらいまでの高さになっているのが見えるのだった。

ホームズには、古い事件の詳細について、いつでも引き出して参考にしたいという思いがあり、およそ書類という書類を習慣的に溜め込むという背景はここに源を発します。まず、正確な記録を残すということは、実践的なビジネス上の慣行であると同時に、特にホームズのような特殊な起業家には大切なことです。次に、名探偵にとって「宝物」と呼んでいいこれらの書類は、それまで積み重ねてきた成功の証でもあります。それは、医院の診察室の壁に掲げられた、医師の医学部卒業証書や医師資格認定証にも似て、精神面で自分自身を鼓舞する役割を果たしています。ホームズのブリキ箱に詰まった古い事件のファイルは、まさに名探偵の仕事の足跡です。同時にそれは、将来手がける新たな事件で役立つ、貴重な参考資料ともなり得るものなのです。

過去の記憶をしまい込む時、私たちはホームズのように、よく選択した上でこれを行う姿勢が大切です。パフォーマンス心理学者の知見によれば、高い成果を挙げる人々は、運動選手、ビジネスパーソン、映画スターの別なくいずれも、「失敗は短期記憶に、成功は長期記憶にとどめる」という点で共通しているといいます。たとえば、バスケットボールのスター選手は、負け試合をぐだぐだと引きずったり、また、外したシュートやダブルドリブルを繰り返し思い出して何時間も悩み続ける、なんてことはしません。その代わり彼らは、過去に体験した栄光の瞬間を、意識的に選んで頭に刻み込む。たとえば、ハーフコートから決めた最高の三ポイント・ジャンプシュート、シーズン最後にMVPのタイトルを獲得した瞬間、といった栄光の一瞬の数々。練習中も頭の中で、その瞬間を何度も繰り返し思い描き、果てしなく再現し続けている、というのです。

これは何も、良くない思い出をすべてシャットアウトせよ、と言っているのではありません。深刻な問題があるミスについては、十分真剣に反省する必要があります。それでこそ、その先再び、同じ間違いを繰り返さずに済むのです。ホームズはワトソンに対して、残された記録のすべてが必ずしも「成功の記録」ばかりではないと、正直に打ち明けています。あのブリキ箱には、間違いなく、いやな思い出もあれこれ詰まっています。しかしながらホームズは、これを「未来への教訓」として役立てています。あのファイルの束の数々は、将来二度と同じ間違いを繰り返さないための、実践的な備忘録となっているのです。

さて、あなた自身の「ブリキ箱」には、いったい何が詰まっているのでしょうか。ひょっとして、後悔と過去の失敗の記憶の山？　それとも、自分自身を新たな行動に駆り立てる、未来のゴール達成に役立つような記憶？

第31章 引用元・情報ソースにはご用心

まるでエドガー・アラン・ポーの物語に出てくるデュパン[53]みたいですね。お話の中ならともかく、デュパンみたいな人間が実際にいるなんて、思ってもみなかったなあ。

――ワトソンの言葉（『緋色の研究』）

コナン・ドイルは真の読書家であったので、シャーロック・ホームズの物語のあちこちに、好んで様々な書物の一節を挿入しています。読者にとっては、どこにどういう形で引用句が隠されているのか、これを探り出すことも、この名探偵の冒険譚を読む楽しみの一つとなっています。こうした様々な引用や間接的な言及は、文学作品から哲学の名著に至るまで、幅広い範囲に及びます。たとえば、『四つの署名』では、ゲーテの作品から原語ドイツ語を翻訳して「嗚呼、大自然は善人をも悪人をも産み出しうる力がありながら、なぜ汝のような、一人の人間を誕生させてしまったものか…」という一節を。『僧坊荘園』では、シェイクスピア作品『ヘンリー五世』から「獲物が出てきたぞ！」というセリフを。その他、書物への言及は、ソロー、ダーウィン、ホラティウス、ディケンズ等々、挙げていけばきりがありま

53 C. Auguste Dupin は エドガー・アラン・ポーの代表作の一つ『モルグ街の殺人事件』（一八四一）他に登場するパリの探偵。零落した旧騎士身分の家柄で、「探偵」を職業としているわけではない。警察幹部から事件解決の手助けを依頼されること、知性を駆使して論理的推論を好むこと、相棒と二人できわめて特異な暮らしを営むこと等々、ホームズの人物造型に大きな影響を与えたと言われる。

せん。ここで注目すべきは、こうした引用や言及はすべて、ホームズ自身の口から発せられている点であって、これは決して偶然ではないのです。人物造形に深みをもたせるためにも、主人公の名探偵に、書物からの引用をそれとなく口にさせる。コナン・ドイルは、こうすることで、よりホームズの優秀さが引き立つ、そう考えていたのです。

この同じ考え方は、私たちの日常生活でも役に立ちます。ある状況に遭遇した時、突然、これを的確に表現する諺や書物の一節が頭に浮かぶことがあります。そのひと言の方が、現実よりも真実を射抜いている。そういうことがあるのです。で、その言葉を引用してみる。その引用は当然、引用する人間の水準をも反映することになります。

たとえば、会社の上司がしじゅう、『フリントストーン／モダン石器時代』[54]に出てくるセリフや場面エピソードを引用するなんて人だったら？　またもし、なにか質問される度に、昔流行ったファストフードのチェーン店のCM、そのキャッチフレーズを口にしながら答える上司なら？　そんな上司の人間性を、あなたならどう思いますか。同じように、もし、ホームズが捜査でロンドンの街を歩き回りながら、新聞漫画や流行りの三文芝居からの下卑た冗句を口にする、なんて男だったとしたら？　もしそうであったなら、探偵の依頼人はもちろん、読者がホームズの人間性を思い描くにあたって、深い悪影響を及ぼしたに違いありません。

ホームズがそれとなく書物からの言葉を引用する時、たとえば、シェイクスピアを引用す

54　一九九四年のハリウッドのドタバタコメディ映画。

ることは、そのまま、自分自身を一種のブランドとして、その対外的なイメージを高めることになります。また、このことによって多くの依頼人を惹きつけ、これが探偵業の仕事の拡充へとつながっていく。書物からの引用は、彼の凄まじい自己学習の成果を反映する一方で、犯罪捜査界で名探偵という稀有の位置を占めることのできる背景ともなっているのです。会話をするにあたっての話題の選択、文学にせよ何にせよ、何かを引用する時の原典の選び方等々、こうした機会に何をどう選択すべきか。その選択の姿勢が、その人のプロの仕事人としての能力や、他者と共に働いていくことのできる基礎教養の水準などを、微妙な形で相手に伝える象徴的な役割を果たしているのです。これは、ありがたいことだと思いませんか。なぜならこのことは、「他者の目から見た自分のイメージ」という問題を考えるにあたって、多くのことを私たちに教えてくれているからです。

何年か前のことです。ある有名作家が講演で、「地球外生物」といういささか奇妙なテーマで話すのを聴いたことがあります。作家は話がうまく、教育水準が高いにもかかわらず、エイリアン（地球外生物）の存在を熱烈に信じているようでした。その講演の大きなトピックの一つが、南米で起きたという「エイリアンによる誘拐事件」です。作家は、ことの一部始終を熱っぽく詳しく語り続けます。その話が終わった時、聴衆の一人として私は、確かに作家が語るような何か特別な事態が現実に起きたに違いない、そう確信するに至りました。それほど迫真のストーリーだったのです。

その数週間後、床屋で散髪の順番待ちをしていたときのことです。席の隣に、ひと月かそこいら前の古いタブロイド紙が投げ置かれていたので、退屈しのぎにパラパラとめくってみました。で、ビックリ仰天。その二三頁に、作家が語っていた例の「エイリアンによる誘拐事件」の記事が掲載されていたのです。記事を読み進むうち、すぐに気づきました。記事の内容は、あの夜作家が講演会で語った話と寸分たがわぬ内容だったのです。作家は、このタブロイド紙の記事を話の主要なネタとして使っていたのです。

さて、この出来事の後、作家に対する私の印象はどうなったか。これはもう当然、ハイさようなら、です。このタブロイド紙には常日頃から、馬鹿馬鹿しい記事が掲載されています。たとえば、「テレビのオーディション番組『アメリカン・アイドル』の選考結果は、未確認動物ビッグフットによって密かに支配されている！」なんて記事です。あの作家が、エイリアンについての話を展開するにあたり、その論拠として、そんな問題ありありの新聞に掲載された怪しげな記事を選んで、それをまるごと使っていたとは！　まったくもう、信じられないような思いでした。そのような演題を選び、しかも、タブロイド紙の怪しげな記事を論拠としたことで、作家は私からの信頼を失ってしまったのです。

頭の回転の速い人は、会話する相手に先んじる速さで話を展開していきます。しかし、本来そうでない人間が、格好をつけたいがためにそういう風に見せようとするのは止めたほうがいい。むしろ周囲の状況を判断しながら、注意深く言葉を選んで話をすべきです。慎重に言葉を選びながら話す、これは決して悪いことではありません。言葉は、その人の信用を築く礎ともなれば、また、これを破壊する力ともなりえます。引用する対象を慎重に選んだシャーロック・ホームズを見よ、です。

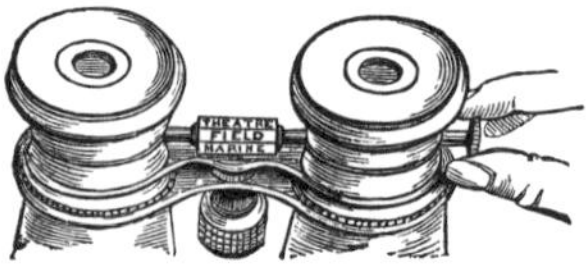

第32章 常に励ましの言葉を忘れずに

あのお父上のお褒めの言葉ね。（僕にとってあれこれ推理することは）ワトソン君、その時までは単なる趣味に過ぎなかったものが、ひょっとしたらこれを自分の専門職にできるかもしれないって、あの時初めてそう思ったんだ。これ本当だよ。

――『グロリア・スコット号事件』

シャーロック・ホームズは、いかなる道を経て探偵となりえたのか。一度でも想像してみたことおありですか。ホームズの幼少から青年期にかけてのことについて、作者のコナン・ドイルは、意図して作品の中で明らかにしていません。しかし、ただひとつだけ、読者がその一端を覗き見できて、あれこれ思いを巡らすことのできる例外的な作品があります。『グロリア・スコット号事件』です。

物語は、古い事件のファイルをきっかけに、ホームズが自身の大学生活を回想する場面から始まります。彼自身はわずか二年で退学してしまって卒業することはありませんでしたが、その短い大学時代にできた、たった一人の友人がビクター・トレバーです。ビクターは、ひと月ほどの大学の長い休暇を共に過ごそうと、父親の屋敷にホームズを招きます。

その当時を振り返ってホームズは語ります。「どちらかといえば僕は、寮の自室にこもって自分なりの思考方法をあれこれ思索することが好きでね…」というタイプでした。が、とにもかくにもビクターの誘いに応えてホームズは、その父親の屋敷へ行ってみようと決断します。「到着して数日後の、ある晩のことさ。僕らは食後のポート酒を楽しみながらくつろいでいたんだ。僕が観察推理法を考えることを趣味にしている男だ、という話をビクターが始めてね。その頃にはすでに、僕なりに推理観察のやり方を方法論のレベルにまで磨きあげていたんだ。ただ、それが後の人生でどんな意味を持つことになるかなんて、まったく思ってもみなかったけれどね。で、僕が観察推理を通じて、あれこれ言い当てる実例をいくつか息子のビクターから聞かされる。父上は明らかに、どうせ息子が大げさなこと言っているに違いないという顔つきだったね」。

ビクターの父親は、「ならば自分について推理してみよ」と、ホームズの力の程を試しにかかります。ホームズはこの挑戦を受けて立たずにはいられません。父親についての推理に精神を集中し、まず、ビクターの父親の杖について詳しく語り始めます。次いで、父親がかつてはボクシングをやっていたこと。さらに、少なくともニュージーランドと日本に旅した経験があること。これだけのことを、食卓から一歩も離れることなく、言い当ててしまうのです。老人はあまりのことに驚いて、その場で卒倒してしまいます。やがて、気を取り直した父親は、若きホームズの生涯をその先永久に変えることになるひと言をホームズに向かって語ります。「ホームズ君、君がいかなる方法でそれだけのことを知り得たかは、私にはわからない。しかし、現実の探偵にせよ物語に登場する探偵にせよ、そんなものは君の手のひらで動きまわる子供みたいなものだと思えてきますね。あなたはそのお力をもって、人生を渡って行かれるべきだと思いますよ。多少はこの世界というものを見てきた男の言葉として、私の思いをその言葉どおりに受け取っていただきたい」。

その時のことを思い出しながら、ホームズはワトソンに語ります。「あのお父上のお褒めの言葉ね、さっき言ったように、僕の実力について多少は褒め過ぎという気はするさ。でもワトソン君、その時までは単なる趣味に過ぎなかったものが、ひょっとしたらこれを自分の専門職にできるかもしれないって、あの時初めてそう思ったんだ。これ本当だよ」。

言葉を変えて言えば、こういうことです。自分の好きなこと、全身全霊で情熱を注ぎ込んでやっているそのことで、自身の生計を立てていくことができるかもしれない。ホームズがそう確信するに至ったのは、他人のちょっとしたひと言が力となってのことだった、ということです。その意味でビクター・トレバーの父親は、この時点以降ホームズが成し遂げていくことになるすべての偉業について、その礎を築いた大切な一人として、その栄誉を分かつ資格が十分にあり、ということになります。

「励ましの言葉」は、いつどこで受け取ることになるかわからないものです。これが時機を得て適切なタイミングで発せられたものであれば、それがほんのわずかな言葉であっても、言われた人のキャリアの航跡を変化させ、これによって、新たな可能性に満ちた世界の扉を開く力がある。このことを熟知しているためホームズもまた、絶えずワトソンを励まし続けます。手がけている事件を解決するにあたり、ホームズ的捜査方法を学び、これを応用してみるようにと。

まさに言葉は力なり、なのです。それが誰から発せられたかなど関係ありません。ですから、いつかどこかで誰かの才能に気づいたならば、慎重に言葉を選んで、その人に励ましの言葉をかけてあげるといいでしょう。そのひと言が、天才誕生のきっかけとなるかもしれないのです。そうなるかどうか、まさに神のみぞ知る、です。

訳者あとがき

誰に役立つ本なのか

さて、このきわめてユニークな本の魅力を、どうご紹介すべきか。いわゆる「仕事術・成功術」のジャンルに含まれるとはいえ、そんな言葉では到底言い表せない個性と独自性が一杯だ。これほど面白い自己啓発本も珍しい。その魅力をお話する前に、果たして本書は、如何なる読者に役立つか。これはもう、はっきりしている。それは、

「停滞している仕事人生の現状を、何とか自分の努力で打破したい人」

と言うことに尽きる。より具体的に列挙すれば、次のような皆さんだ。

・会社組織で働きながらも、将来を見据えて、自身の仕事力を高めたい人
・自己の潜在的な能力を活かす形で、新たな職場への転職を考えている人
・フリーで専門性のある仕事をしながらも、いまひとつ伸び悩んでいる人
・小商売の経営者で、各種経営セミナーに参加しながらも、進展の見られない人

・定年退職後、それまでの経験を活かしつつも、組織からは独立して新たな仕事を開拓していきたい人
・作家コナン・ドイルの人生の断片と、名探偵物語誕生の背景を知りたい人
これに加えて
・大英帝国ビクトリア時代末前後の社会史に興味のある人

こうした条件に当てはまる皆様であれば、本書を通して必ずや、新たな展望と勇気が得られるはず。第一、訳者である私自身、本書と出会わなければ、本を一冊翻訳してみようなんて絶対に思わなかった。ちなみに私の愛読書は子供の頃から『三年寝太郎』と『わらしべ長者』、すなわち「日本グータラ昔話」の代表二作だ。そんなグータラ極まる駄馬にムチを入れ、これを一気に走らせるだけの強い説得力が、本書には、ある。

ところで、この十年で日本の労働環境は劇変、地殻変動が現在進行中だ。会社に所属しているか否かにかかわらず、多くの人々が、個人として自分の能力一つを武器に、世を渡っていかねばならない時代に突入している。正規のホワイトカラーは減少が続き、組織に所属することなく、独立独歩で世を渡る「個人として働く知識労働者」の数が、日々刻々増え続けている。その一方で、経済は停滞。現状と未来に漠たる不安を抱えながら、「仕事の意味と生きがい」が見えにくい世の中。本書は、そんな鬱陶しい空気の中で、少しでも「自分の現状を打破したい」と悩む人々が読むにふさわしい自己啓発書であり処世術の書である。なぜ、そう断言できるのか。「本書の概要」以下をご一読下さい。

本書の概要

「著者アコードの主張」を箇条書きにすると、以下のようになる。

一．シャーロック・ホームズの物語には、作者コナン・ドイルの実人生が色濃く投影されている。

二．名探偵は実在の人物たちをモデルにしており、ワトソンは作者ドイル自身の分身と考えられる。両者の個性には、様々な実在の人物の能力や個性が投影されていて、これらを組み合わせる形で、人物造型がなされている。

三．物語に登場する様々な人物や事件についても、作者コナン・ドイルが実際に体験した出来事や、出会った人物からヒントを得ているものが多い。

四．こうしたことから、シャーロック・ホームズの物語は、これを「一種のノンフィクション」として読むことが可能である。

五．では、これを「ノンフィクション」として読む時、どこに着目すべきか。それは、事件解決に至るまでの二人の行動パターンと、そこから浮かび上がる、仕事に向き合う姿勢である。彼らの行動に投影された様々な価値観、そこに我々現代人が仕事と人生を生きる上で、思いもかけず有益で貴重な指針を見出すことができる。

訳者から見た、本書のあれこれ

○想定読者は、ごく普通の一般読者

本書は「探偵ホームズ関連書」にありがちな、「推理小説オタク」向けの高度な知的パズル解読や、微に入り細に渡る蘊蓄とは無縁。あくまでも、ごく普通の一般読者を対象に書かれている。したがって、「シャーロック・ホームズの物語を一冊も読んだことのない人でも大歓迎」と著者が断言している。

○著者の視点は、温故知新を旨とする、歴史家の視点

著者アコードは、英米の経済紙誌で紹介される最新のビジネス界のトレンドを完全に踏まえた上で本書を執筆していると思われる。それにも関わらず、現代の「新しいトレンド」には目もくれず、ひたすら、コナン・ドイルが生きた時代の大英帝国に着目する。それは、なぜか。今の時代に、似ているからだ。過去に現代を見る。著者の視点は基本的に、歴史家の視点だ。その視点に立つことで、いつの時代にも普遍的な原則を探り出すことに成功している。

○著者は「高級ぶらない」

著者アコードは、不必要に知的な遊びに堕することを避けて、分かりやすい言葉で、基本の「き」を説く姿勢に徹している。だからといって、本書の言葉の易しさ、話のとっつきやすさを、甘く見てはいけない。実際、該博な知識から繰り出される引用の多彩さに象徴されるように、「能ある鷹の隠された爪」の存在が随所に見え隠れしている。

○シャーロック・ホームズ入門書

本書を読めば、誰しも、ホームズ・シリーズの原作を読みたくなるはず。その意味では、これまでにない「異色のホームズ入門書」となっている。

○訳注

日本の読者の便を考えて、人名を中心に、原著にはない注を付した。一部の注が、訳者の思い入れを反映して「異様に長い注」となったこと、お許しいただきたい。

○訳者の力不足

「挑戦せよ！」と言う本書の言葉に突き動かされた結果、自身の力不足を顧みず、一冊の本を翻訳するに至った。それゆえ、とりわけシャーロッキアンの皆様の目には、訳の穴があちこちに見えるはず。遠慮なく厳しいご指摘をいただければ、ありがたい。

拙著『名画の食卓を読み解く』（二〇一二年）に続いて再び、大修館書店の小林奈苗さんにご担当いただいた。鋭い眼力で拙訳の細部に渡って丁寧にチェックして下さり、その的確なコメントにより、どれほど助けられたことか。鋭敏な編集者と緊張関係を保ちながらの共同作業で一冊の本を仕上げていくと言う喜び。その「喜びの気持ち」が拙訳を通じて読者の皆様に伝われば、これに優る喜びはない。原著者のメッセージが読者の皆様に正確に伝わることを願っている。

大原千晴

二〇一五年四月一五日

[訳者紹介]

大原千晴（おおはら　ちはる）

「英国骨董おおはら」（東京・南青山）店主。骨董銀器専門家。食文化ヒストリアン。早稲田大学法学部卒業。料理研究家の母がイギリスに転居したのを機会に、日本と英国を行き来する生活が始まる。その過程で骨董銀器の魅力に開眼し、紆余曲折を経て、1991年「英国骨董おおはら」（www.ohara999.com）開業。

著書に『名画の食卓を読み解く』（大修館書店）、『食卓のアンティークシルバー』（文化出版局）、『アンティークシルバー物語』（主婦の友社）。カルチャースクール講師、雑誌連載エッセイ執筆、共に経験豊富。趣味は海外の都市めぐりと歴史探求。

シャーロック・ホームズの成功《せいこう》の秘訣《ひけつ》——名探偵《めいたんてい》の人生訓《じんせいくん》

NDC930／xx, 189p／19cm

初版第1刷——2015年6月10日

著者————デヴィッド・アコード
訳者————大原千晴《おおはらちはる》
発行者———鈴木一行
発行所———株式会社 大修館書店
〒113-8541 東京都文京区湯島2-1-1
電話03-3868-2651（販売部） 03-3868-2293（編集部）
振替00190-7-40504
[出版情報] http://www.taishukan.co.jp

装丁・本文デザイン———内藤惠子
印刷所———広研印刷
製本所———ブロケード

ISBN978-4-469-24592-9 Printed in Japan